쉬어가세요,
책과 수프에서

쉬어가세요,
책과 수프에서

초판 1쇄 발행 2025. 4. 30.

지은이 윤해
그린이 별사탕
펴낸이 김병호
펴낸곳 주식회사 바른북스

편집진행 김재영
교정 박하연
디자인 김민지

등록 2019년 4월 3일 제2019-000040호
주소 서울시 성동구 연무장5길 9-16, 301호 (성수동2가, 블루스톤타워)
대표전화 070-7857-9719 | **경영지원** 02-3409-9719 | **팩스** 070-7610-9820

•바른북스는 여러분의 다양한 아이디어와 원고 투고를 설레는 마음으로 기다리고 있습니다.
이메일 barunbooks21@naver.com | **원고투고** barunbooks21@naver.com
홈페이지 www.barunbooks.com | **공식 블로그** blog.naver.com/barunbooks7
공식 포스트 post.naver.com/barunbooks7 | **페이스북** facebook.com/barunbooks7

ⓒ 윤해, 2025
ISBN 979-11-7263-346-2 03810

•파본이나 잘못된 책은 구입하신 곳에서 교환해드립니다.
•이 책은 저작권법에 따라 보호를 받는 저작물이므로 무단전재 및 복제를 금지하며,
이 책 내용의 전부 및 일부를 이용하려면 반드시 저작권자와 도서출판 바른북스의 서면동의를 받아야 합니다.

따뜻한 위로의 공간, 선물 같은 하루

쉬어가세요,
책과 수프에서

윤해 글 · 별사탕 그림

바른북스

추천하는 말

"시간을 주세요.
손님들이 더 머무를 수 있게요."

선영의 책방은 사람들에게 단순히 책을 구매하는 장소가 아닌, 한때의 인연들을 추억하는 공간이 되었다. 때로는 직접적인 말과 토닥임보다 은근하게 퍼지는 따스함과 쓰다듬음이 당신들의 하루를 더 든든하게 해주는 것처럼 이곳, 그리고 이 책 『쉬어가세요, 책과 수프에서』는 꼭 별일이 없어도 위로받기 딱 좋은 순간들을 선물한다.

이 책의 이야기 곳곳에는 우리들의 마음을 끄덕이게도, 잠시 반짝이게도, 가끔은 묵직한 미련들을 삼키게도 하는 문장들이 담겨 있다. 이 문장들은 결국, 한 스푼 두 스푼이 되어 책을 다 읽고 난 우리 마음의 속을 든든한 수프 한 그릇을 먹은 것처럼 따스하게 데운다. 그 수프가 콩소메 수프든, 닭고기 수프든 상관없이 말이다.

봄날에 만난 이 책의 한 구절이 당신의 마음에, 당신의 봄 길에 오래 머물기를 바란다. 그리고 이 책 한 권이 누군가의 크리스마스 캐럴처럼 한 시절 애틋하게 찾게 되는 추억 담긴 헌책이 되기를 바란다.

책방 공백의 온도 대표
오월

> "당신이 얼마나 아름다운 사람인지
> 알려주고 싶어요."

매 순간 빛나는 우리는 어쩌면 이제는 너무나 익숙해서 알지 못하는 일상처럼이나 진부하고, 또는 정서적으로 고립되어 있기도 하다. 누구에게나 잊지 못하는 순간들이 있다. 사진처럼 찍혀 뇌리에 박혀 있는 그런 순간들. 하지만 우리는 그 순간을 위해 삶을 살아내는 것은 아닐 것이다. 시간에는 수많은 삶의 파편들이 있다. 조각조각 가끔은 그 파편들에 상처를 입기도 하지만 지나고 보면 우린, 예쁜 유리공예품을 눈앞에 보기도 한다.

주인공 선영은 공감하는 사람이다. 가게에 방문하는 각자가 가진 삶의 파편들을 들어주면서 타인의 일상을 경험하고, 선영 자신도 조금씩 더 나아간다.

일상이 아름다운 소설이다. 원고를 받아 읽으면서 느꼈던 감정이다. 그리고, 각 장에 살아 있는 캐릭터들에 한편으론 놀라기도 했다. 질감 있게 살아 있는 캐릭터는, 행간에 생동감을 부여해준다. 어떤 이는 몽글몽글, 또 어떤 이는 부스럭부스럭.

아침, 눈을 뜨면 보이는 똑같은 하루의 일상 그 위로 내가 얼마나 빛나는 사람인지 느끼게 되는 순간. 당신도 한번 느껴봤으면 좋겠다.

작가, 칼럼니스트
여승엽

차
례

추천하는 말

수프를 끓이는 책방 ××× 8

목요일에 오는 손님 ××× 34

도망자의 안식처 ××× 64

마음의 거리 ××× 94

바람의 멜로디 ××× 134

추억은 나이 들지 않는다 ××× 176

밤을 밝히는 불빛이 되기를 ××× 216

수프를 끓이는 책방

솥에서 콩의 고소함과 토마토의 달콤한 맛이 어우러진다. 선영은 코끝에 고소한 향이 맴돌 때 국자로 수프를 한두 바퀴 세게 휘저어 재료의 풍미를 끌어올렸다. 수프는 기다림의 예술이다. 죽을 끓일 때처럼 끈기와 기다림으로 국자로 수프를 저어주어야 한다. 수프는 점도도 중요한데 너무 묽으면 묵직한 맛이 덜하고, 너무 진하면 물기가 없어 목 넘김이 불편하다. 적당한 점도. 그걸 맞추는 것이 수프 요리의 정수이다. 하지만 그 적당함이 항상 어려운 일이다. 인생도 요리도. 선영은 자신의 감으로 적당한 점도에 이르렀을 때 불을 끄고 수프 요리를 마쳤다. 처음에 수프 요리를 할 때 항상 맛을 보고 그 점도를 파악했지만 셀 수 없이 수프를 끓여본 지금은 향으로 수프의 완성도를 파악할 수 있게 되었다. 은은히 올라오는 수프의 향이 깊이 퍼질 때 수프의 점도도 맛도 가장 알맞을 때라는 것을 알게 되었다. 선영은 수프를 접시에 담아 따로 옆에 살며시 놓았다. 그리고 그 위에 파슬리를 뿌려 올렸다. 토마토와 생크림을 베이스로 갖은 채소와 이탈리아산 고추, 콩, 감자 등이 들어간 수프. 이 수프는 매콤하면서 고소함과 달콤함이 동시에 느껴지는 맛이다.

'수프를 먹으려면 책이 있어야겠지. 오늘 읽을 책이 뭐더라.'

선영은 요리 선반 건너편으로 책들이 켜켜이 쌓인 책장으로 갔다. 책들은 마치 다락방의 고서들이 작은 창에 새어 나오는 빛을 받아 빛나고 있는 듯이 가게의 창가로부터 햇빛을 받아내고 있었다. 이 가게의 책들은 다른 서점들과 다른 독특한 배열로 진열되어 있다. 보통의 서점들과 다르게 장르들이 나뉘어 있지 않고 섞여 있었다. 톨스토이의 『안나 카레니나』 옆에 요시다 아키미의 『바닷마을 다이어리』가 있고 생텍쥐페리의 『어린 왕자』 옆에 이병률의 여행 에세이 『끌림』이 있는 식이었다.

수프에 여러 가지 재료가 한꺼번에 들어가 하나의 맛을 완성하듯 책들도 어떤 맛을 내기 위해 두서없이 섞여 있는 것만 같았다. 하지만 잘 보면 이 불규칙한 배열 속에도 일정한 질서가 있었다. 책들이 진열된 각 칸막이 위에는 모험, 사랑, 인생, 미스터리 등의 문구가 붙어 있었다. 이 문구들은 책들의 내용을 상징하는 키워드였다. 문구는 인스타그램의 해시태그와 비슷했다. 손님들은 문구만 보고 책의 느낌을 짐작할 수 있었다. 그래서 손님들이 간혹 문구들의 의미를 물어보면 선영은 이렇게 대답했다. "문구는 숲속으로 들어가기 전에 입구에서 보는 안내판이에요." 손님들은 선영의 말처럼 문구를 보고 책에 좀 더 쉽게 다가갈 수 있었다. 이런 아이디어는 요즘 사람들은 해시태그 같은 키워드로 선택하는 것에 더 익숙하다는 점에서 출발했다. 문구 옆에 해시태그를 붙여놓은 것도 그 이유였다.

선영은 검지로 책장을 훑어보다 '#미스터리'가 있는 칸으로 향했다. 거기서 큰 책들 구석에 작은 책 하나를 집었다. 책은 손바닥보다 조금 큰 크기에 귀여웠지만, 표지는 귀엽지 않았다. 검은색 겉표지에는 광기에 절규하는 남자와 처연한 표정의 여인이 한데 어우러져 마치 초현실주의 화법의 그림처럼 신비한 분위기를 내고 있었다. 그리고 크고 붉은 글씨로 'AGATHA CHRISTIE'가 책 3분의 1의 비율로 위를 차지하고 작은 흰 글씨로 '오리엔트 특급 살인'이라고 적혀 있었다.

'흠. 오늘은 포와로 아저씨하고 죽음의 기차 여행을 가볼까.'

선영은 창가의 햇빛이 잘 드는 구석의 2인석 테이블로 가서 붉은 수프를 옆에 두고 책장을 넘겼다. 뜨거운 수프의 김이 모락모락 올라오고 옆에는 탐욕과 증오를 숨긴 채 평범한 얼굴들을 한 여행객들이 오리엔트호 기차를 타고 늙은 탐정과 함께 설경을 보며 눈 속을 헤쳐나가는 이야기가 펼쳐졌다. 그때 탁탁하는 문 두드리는 소리에 선영은 설경을 헤치며 달려가는 기차에 강제 로그아웃이 되어버렸다. 문 두드리는 소리가 나는 곳으로 시선을 돌리니 단발에 원피스 차림의 여자가 작은 가방을 둘러메고 배시시 웃고 있었다. 선영은 웃으며 손으로 들어오라는 손짓을 했다.

"정아야, 너는 그냥 들어오지 문을 두드리니."

선영은 읽던 책을 덮어 한구석에 밀어 넣었다.

"언니가 책 읽는 모습이 너무 진지해서요. 내가 꼭 단잠 자는 사람 깨워서 놀자고 하는 것 같잖아."

정아는 쾌활하게 웃으면서 책으로 시선을 돌렸다.

"앗,『오리엔트 특급 살인』. 포와로 아저씨가 나오는 이야기네."

선영은 눈짓으로 아직 뜨거운 김이 모락모락 올라오고 있는 붉은 수프를 가리켰다.

"이 수프 어때? 요즘 자주 끓여보고 있는 메뉴인데 말이야. 고추, 토마토, 생크림 베이스에 브로콜리, 콩, 감자 등을 넣은 건데…."

선영이 말을 하는 도중에 정아가 끼어들어 손으로 수프의 냄새를 맡았다.

"흠, 향이 끝내주는데요. 맛은 어떠려나."

"아직 숟가락 안 댄 거야 한번 먹어봐."

정아는 테이블 밑에 숟가락 통에서 숟가락 하나를 꺼내 수프를 한 숟가락 퍼서 먹었다.

"뭔가 걸쭉하고 텁텁한 맛이 나는데 살짝 매콤하면서도 고소하고 단맛도 도네요. 이거 묘하다."

"내 식으로 만든 칠리 수프야 어때? 괜찮아?"

"이게 칠리 수프구나. 이번에 시도하는 새 메뉴에요?"

"글쎄, 아직 메뉴에 넣을지는 안 정했어. 익숙한 재료로 색다른 뭔가 만들어 볼까 하다가 이게 떠오른 거야. 그래서 이것저것 넣어서 만들어진 수프라서."

"라따뚜이 같은 요리네요. 이 수프가 대박 나려면 똑똑한 쥐가 한 마리 있어야겠네. 요리사 머리 위에서 머리카락 잡고 휙휙 뚝딱하고 만들면 극상의 요리가 완성!"

"가게가 너무 깨끗해서 쥐가 없나 봐."

선영은 숟가락으로 수프를 떠서 목에 넘겼다. 칠리 수프의 감칠맛이 입안에 퍼졌다.

"그러니까 이 칠리 수프하고 추리 소설은 무슨 관계예요?"

"누군가의 죽음, 핏빛으로 물든 열차, 어딘가에 암약하고 있는 범인. 범인을 추적하는 탐정. 빨간 수프하고 어울리지 않아? 하지만 한 가지 더 이유가 있지. 추리 소설 중에서 이걸 고른 이유."

"이유가 뭐예요?"

선영이 책을 들어서 표지를 가리켰다.

"이 절규하는 남자 보이지?『오리엔트 특급 살인』은 증오와 핏빛 복수에 관한 소설이거든. 붉은 수프에 이보다 어울리는 소설이 있을까?"

"나도 이 소설 알아요. 이번에 영화도 있었잖아요. 그것도 재미있었는데. 그런데 언니 이 소설은 복수만 나오는 건 아니지 않나요? 나중에 가서 범인이 밝혀지고 진상을 알게 되면 탐정이 범인을 보내주잖아요."

"그렇지. 그게 이 소설이 명작으로 거듭나는 이유일 거야. 소설에는 핏빛 복수만 있는 게 아니라 연민과 이해도 있거든. 다층적인 이야기에서 오는 여운이 있어. 마치 매콤한 맛인데 동시에 고소하고 달콤한 수프처럼 말이야."

"아, 그렇게 연결되는 거예요? 꿈보다 해몽이 좋군요."

정아는 무릎을 치며 소설과 수프를 엮어내는 선영의 말에 감탄했다.

"그나저나 오늘 내가 언니의 소중한 오후의 브레이크타임을 방해하는 거 아니죠?"

"아니야, 괜찮아. 매번 이 시간에 오면서 뭘 그러니."

"에이, 그래도 언니가 그냥 저기 카운터 테이블에서 창을 보면서 멍하게 있으면 들어오기 편한데 가끔 이렇게 수프 옆에 두고 책 넘기고 있으면 들어올 때 마음이 그래요."

"놀자고 할 때는 공부하는 애보다 멍하게 있는 애 부르는 게 마음은 편하지."

"정답."

정아가 일어나서 선반에 컵 하나를 가져와 물을 따랐다. 선영은 물을 따르는 정아를 보고 황급히 일어나서 부엌 구석에 있는 냉장고를 열었다.

"언니, 어디 가요. 그냥 물 먹으면 되는데."

"맨날 먹는 물은 그렇잖니. 냉장고에 음료수 몇 개 있어. 캔 커피도 있고 맥주도 있는데 뭐 먹을래?"

"맥주 먹을까. 맥주요, 언니."

선영은 맥주캔 하나를 꺼내 컵에 따라서 테이블로 돌아와 정아에게 컵을 건넸다.

"낮술이니까 도수 낮은 걸로 골랐어, 이 맥주 과일 맛이 나고 맛있어."

"어머, 섬세하다 언니. 이 배려심. 감동이야."

정아는 맥주를 한 모금 들이켰다.

"미연이는 정말 그만둔 거예요? 매일 보던 사람이 없으니까 가게가 썰렁한데요."

고개를 돌려 가게를 둘러보던 정아가 말했다.

"고시원으로 갔어. 여기서 일하면 남는 시간 집중해서 작업하기 어렵다고 해서."

선영은 미연이 이제 가게에 없다는 걸 정아에게 확인시켜 주었다. 정아는 선영 옆 빈자리를 아쉬운 듯 응시했다. 그 자리는 얼마 전까지 미연이 앉아 있던 자리였다.

미연은 이곳에서 점원으로 일 년을 넘게 일했었다. 미연은 만화가 지망생으로 만화가를 준비하고 있었다. 미연은 일찍부터 선영을 동경해서 만화를 시작했다. 그래서 여기 이 가게에 점원으로 들어온 것도 아주 우연은 아니었다. 그녀는 예전 선영처럼 고시원에서 만화를 그렸다. 그렇지만 계속 멀어지는 만화가 데뷔에 좌절하고 있었다. 그 좌절감은 깊어서 심각한 번아웃까지 오고야 말았다. 미연은 선 하나 긋지 못하는 트라우마에 시달렸다. 그런 때 미연은 선영을 만났다. 지쳤던 미연은 점원으로 일하면서 그림을 그리는 것만으로 즐거웠던 기분을 다시 찾아갔다. 그런 미연이 사흘 전 다시 만화를 제대로 그려보고 싶다고 선영에게 말했다. 선영은 항상 응원한다는 말로 미연을 격려했다.

"고시원 생활 쉽지 않은데 걱정이야…."

"미연이라면 잘할 거예요. 만화 그리겠다고 완도에서 여기까지 올라와서 그렇게 노력하는 걸 보면 근성이 있는 애잖아요."

"너무 무리는 하지 않았으면 하지. 예전 나를 보는 것 같아서 그래.

선영은 걱정스러운 어조로 말끝을 흐렸다.

"언니, 그래도 이렇게 가게 꾸려가는 게 대단해요."

정아는 마시던 남은 맥주를 단번에 마시고 선영을 보며 말했다.

"어제오늘만 내가 여기에 있는 게 아닌데 새삼스럽게 칭찬은."

맥주 한 캔에 벌써 취할 리가 없는데 정아의 뜬금없는 칭찬은 의아했다.

"오빠가 언니하고 같이 가게를 한다고 했을 때 농담인 줄 알았어요. 언니는 만화 말고 다른 건 안 할 줄 알았거든요.”

"아주머니가 가게를 그만두시고 나서 여기가 사라진다고 하니까 이곳을 지키고 싶더라. 내가 정말 하고 싶어 하는 일이기도 했고 말이야.”

"그런데 왜 갑자기 예전 생각이 난 거야?”

선영은 갑자기 예전 일들을 화제에 올린 정아의 의도가 무엇인지 물었다.

"그냥요. 얼마나 안 있으면 기철이하고 결혼하고 같이 산 지 일주년이잖아요. 무려 삼 년 전만 해도 그때의 기철이를 보면 내가 이 남자를 사랑하게 될 거라고는 생각도 못 했거든요. 그런데 사랑했고, 지금 같이 살고 있고. 사람 일은 정말 앞을 모르겠다는 생각이 드는 거예요. 그런 생각을 하다 보니 언니도 그렇구나 싶었던 거죠.”

"그건 그래. 인생은 강물처럼 계속 흘러가지만, 어느 길로 흘러갈지는 지나고 나서야 알게 되는 때가 있는 것 같아. 이렇게 흘러왔구나. 나 이렇게 살았구나. 하고 말이야.”

"언니나 나나 이런 이야기 화제로 올리기에는 아직 이른 거 같지만. 동감이에요.”

선영은 생각에 잠겨 있는 정아를 봤다. 선영은 곧 다가올 결혼 일주년이 정아를 감상에 젖게 했는지 맥주 한 캔이 그렇게 했는지 아니면 둘 다인지 알 수는 없었다. 정아의 말 덕분인지 선영도 지나온 기억들이 시간을 거슬러 올라와 감상에 젖게 했다. 이십 대 초반,

만화를 연재해 보고 싶어 만화 이야기만 하던 그 시절 선영을 보면 정아의 말이 맞았다. 만화만 알고 그림 그리는 것만 알았던 자신이 이렇게 수프를 끓이는 책방을 운영할지 그 당시는 꿈도 꾸지 않았었다. 하지만 만화 연재라는 꿈을 이루고 나서는 다른 꿈을 꾸게 되었다. 정우와 함께 이 가게를 꾸려가면서 그 다른 꿈도 이룬 듯했다. 가게로 출근하면 항상 정우가 있었고 아침부터 저녁 늦게까지 정우와 함께했다. 더없이 행복했고 이 행복이 계속되기를 바랐다. 그때는 자신 옆에 항상 있을 것만 같았던 정우가 없는 날이 올지도 그 당시는 생각해 보지 않았다. 하지만 정우가 없는 가혹한 현실이 선영에게 닥쳐왔다. 선영은 가까운 누군가의 죽음을 맞이할 준비가 되어 있지 않았다. 정우는 몸이 좋지 않았기에 걱정스러운 일이 벌어질지도 모른다고 생각은 하고 있었지만, 이렇게 급작스럽게 걱정이 현실이 될 줄은 전혀 몰랐다.

  정우는 백혈병으로 세상을 떠났다. 그가 떠난 지 이제 햇수로 오 년이 다 되어간다. 어렸을 때 백혈병을 앓았던 정우는 다시 재발할 위험을 두고 살았다. 백혈병이 재발했을 때 완치율이 높으니 병원에서는 걱정하지 말라고 했다. 하지만 정우의 가족을 포함해서 선영까지 완치율이 백 퍼센트가 아닌 사실에 크게 걱정했다. 그 걱정이 기우이기를 바랐다. 하지만 그 우려는 현실이 되었고 정우는 끝내 병을 이기지 못하고 사랑하는 사람들 곁을 떠났다. 정우는 그의 생 마지막을 며칠 앞두고 자신이 없더라도 가게는 계속 거기 있었으면 좋겠다고 말했다. 선영은 정우가 없는 가게를 닫아둔 채 눈물과 방황으로 여러 날을 흘려보냈다.

정신을 놓은 채로 매일같이 울었다. 정우가 너무 그리워서 눈물이 마르지 않았다. 그렇게 눈물이 마를 때까지 울고 또 울었다. 그러다가 정우도 있고 선영도 있던 누구도 슬픈 얼굴을 하지 않았던 어느 때를 꿈으로 꾸었다. 선영은 문득 자신마저 없으면 정우의 마지막 말을 지킬 수 없을 것이라는 생각이 들었다. 선영은 가게가 정말로 사라질 거라는 자각이 들자 겨우 다시 돌아올 수 있었다.

가게에는 유키 구라모토의 음악들이 울리고 있었다. 잔잔한 음악 선율들이 더욱 애상에 잠기게 하는 듯했다.

"잠깐 음악 좀 바꾸고 올게."

선영이 자리에서 일어섰다.

"지금 이 음악도 좋은데요? 바꾸는 거예요?"

선영이 스피커 옆에 컴퓨터 모니터 화면에 곡 리스트를 훑더니 아바의 곡들을 플레이리스트에 올렸다. 아바의 「I have a dream」이 흘러나왔다.

> I have a dream, a song to sing
>
> To help me a cope, with anything
>
> If you see the wonder, of a fairy tale

You can take the future, even if you fail

(나는 한 꿈을 갖고 있죠 불러야 할 노래죠 무엇이든 극복하는 데 내게 도움이 되는 노래죠 동화의 신비로움을 당신이 안다면 당신이 실패할 지라도 미래를 가질 수 있어요)

"너무 잔잔해서 이걸로 바꿔봤어. 어때?"
"흠…. 아까보다는 신나는 느낌인데요."
"그건 한 부분만 본 거야."
"그럼. 언니는 어떻게 느껴요?"
"구슬픈 멜로디하고 신나는 멜로디가 서로 주고받는 느낌이라고 할까. 말하자면 슬픔 가운데서 한 자락의 희망을 품고 있는 그런 느낌이야."

 선영은 핸드폰으로 노래의 한글 가사를 찾아 정아에게 보여주었다. 정아는 가사를 보며 고개를 끄덕였다. 선영은 아바의 「I have a dream」을 들으며 무엇이든 할 수 있고 무엇이든 될 것같이 무모한 희망밖에 없었던 스무 살의 자신을 생각했다. 그동안 무엇인가는 되었고 무엇인가는 되지 못했으며 무엇인가는 닿을 수 없는 곳으로 갔지만 꿈은 항상 설레는 것이다. 그것이 추억이든 몽상이든. 선영은 다시 설레고 싶은 마음이 들었다. 정아는 오후 가게 영업 전에 자리를 떠났다.
 선영은 테이블을 정리하다 벽에 붙어 있는 사진에 시선이 멈췄다. 커다란 관엽 식물 사이에 붙은 사진은 가게보다 더 오래되었다. 사진에는 정우와 정아 그리고 선영이 함께하고 있었다. 셋이어서 좋았던 시절이었다. 이십 대 초반 대학 생활에 적응 못 하고, 만화 데뷔도 잘 안 풀리면서 한창 방황하고 있을 때였다. 그때 처음 진정으로 마음을 나눈 친구가 선영의 연인이었던 연정우와 정우 동생 연정아였다. 정우와 정아 남매는 언제나 내 편에 서줄 것같이 든든했던 사람들이었다. 선영은 이들이 있어서 더 미련 없이 대학을 그만두고 나올 수 있었다. 두 사람과 서로 통성명하고 친구가 되었을 때가 엊그제 같은데 벌써 십 년이 지나갔다.

 선영은 설거지를 끝내고 유자차를 마시려고 포트에 물을 끓였다. 물이 끓자 찻잔에 뜨거운 물을 부었다. 찻잔 위로 김이 아지랑이처럼 올라왔다. 입김으로 아지랑이를 걷어내고 차에 서린 유자 향을 맡았다. 선영은 찻잔을 들고 창가가 보이는 자리로 가서 앉았다. 창밖으로 가지만 앙상한 벚꽃 나무가 보였다. 선영은 봄에 필 벚꽃을 그리며 유자차를 마셨다. 달콤한 유자차가 선영을 이십 대 어느 시절로 데려갔다.

***

 이십 대 초반의 선영은 번번이 떨어지는 공모전, 잡힐 듯 잡히지 않는 만화 연재 기회로 우울한 나날을 보내고 있었다. 그 우울한 나날 속에 한 줄기 빛이 있었으니 고시원 근처에 있는 '수프 가든'이라는 이름의 디저트 가게였다. 이 가게는 푸른 눈에 금발의 아주머니가 운영하는 곳이었다. 이곳에는 각종 달콤한 수제 초콜릿이나 팬케이크, 쿠키, 수프 등의 디저트가 다양했다. 선영이 그 가게에서 제일 좋아하고 즐겨 먹었던 건 역시 수프였다. 온종일 원고 작업으로 피로해진 몸을 녹이는 데 그만한 것이 없었다. 따뜻한 수프 한 수저를 먹으면 쌓였던 피로가 날아가는 듯했다. 게다가 수프는 양도 많아서 디저트지만 한 끼 식사로도 적당했다. 수프에는 어느 프랑스 시골의 인심 좋은 아주머니가 끓여주는 수프처럼 담백하고 정겨운 느낌이 있었다. 기교를 부리지 않는 맛이 집밥 같은 느낌을 주었다.

선영이 이 디저트 가게를 좋아하는 이유는 그거 말고도 하나 더 있었는데 그건 손님들을 위해 배치해 둔 소량의 책들이었다. 책이 많지는 않았지만, 소설부터 에세이, 잡지 등 다양한 종류로 배치되어 있었고 모두 특이하고 재미있는 소재나 이야기를 다루고 있었다. 그리고 한 달에 한 번씩 이 책들은 모두 바뀌는데 매번 바뀔 때마다 새로운 이야기들로 가득했다. 어디서 이런 책들을 찾는지 누가 찾는지 궁금했다.

그리고 가게에는 아주머니 외에도 선영을 즐겁게 해주는 사람이 또 한 명 있었다. 그 사람은 가게의 점원이었던 정우였다. 그는 큰 키에 약간 마른 몸을 하고 있었다. 첫눈에 반할만한 얼굴은 아니었지만, 여유가 느껴지는 넉살 좋은 웃음이 매력적인 남자였다. 선영은 가게에서 늘 웃고 있는 정우의 미소만 봐도 마음이 편안해졌다. 그 미소를 보고 있으면 어떤 괴로운 일도 잊을 것 같았다. 가게의 단골이었던 선영은 정우와 서로에게 친절한 남이라는 관계로 친해졌다. 그렇게 정우와 안면을 트고 친해져서 서로 안부도 자연스럽게 주고받는 사이가 됐을 때였다. 선영은 정우가 가게에서 하는 일들에 관해서 물은 적이 있었다.

"숙모님을 도와서 수프를 끓이고 책 큐레이션도 하죠. 저기 보이는 책들이 제 작품이에요."

정우는 대여섯 권쯤 꽂힌 가게의 진열대를 가리켰다.

"여기 오시는 손님들이 저 책에도 관심을 두셨으면 좋겠어요."

"정우 씨가 책들을 관리하고 있었군요. 책들을 보면서 누가 이렇게 가져다 놓는지 궁금했거든요." 선영은 정우의 책 고르는 감각을 칭찬했다. 두 사람은 직감으로 공유할 수 있는 공통점이 많이 있음을 느꼈다. 그렇지만 한동안 두 사람은 서로의 존재를 의식하며 속마음을 말 못 한 채로 서로의 주위에서 서성거렸다. 그러다가 그런 관계에서 진전하려 발걸음을 먼저 내디딘 건 선영 쪽이었다. 선영은 어느 날 정우에게 가게 밖에서도 그렇게 웃을 수 있는지 물었다. 그걸 계기로 두 사람은 밖에서도 자연스럽게 만남을 이어가게 되었고. 친절한 남이었던 두 사람은 어느새 친구를 거쳐 연인이 되었다.

선영은 '수프 가든'과 정우 덕분에 외로운 만화가 지망생 시절을

버렸다.

 매번 연재는 불발되기 일쑤였지만 정우의 격려는 실패에 무너지지 않는 마음을 만들어 주었다. 정우는 선영에게 뜨거운 햇살을 피해 쉴 수 있는 큰 나무 같은 존재였다.

 선영은 수없이 연재 실패의 고배를 마시던 어느 날 뜻밖의 연재 기회를 얻었다. 언제나 그렇듯 그날도 공모전에 떨어져 낙심하고 있었는데, 선영의 만화를 연재하고 싶다는 웹툰 회사의 연락을 받았다. 생각하지도 못했던 기쁜 소식이었다.

 "선영 씨 작품『천사들의 도시』, 인상적이었어요. 날개를 잃고 추방된 천사들이 사람들과 부대끼며 살아간다는 이야기가 신선하고 재밌었어요. 저희는 큰 플랫폼은 아니지만, 구독자들도 늘고 있고 성장하고 있는 회사입니다. 선영 씨만 괜찮으시면 여기서 연재 기회를 드리고 싶은데 어떠세요?"

 "연재요? 제 만화를요? 얼마든지요."

 선영의 데뷔작은 요란하지 않고 조용히 등장해서 서서히 인기를 끌었다. 천사들이 특별한 능력으로 어려움에 닥친 사람들을 치유하는 이야기는 잔잔하면서 따뜻했다. 매회 끝나는 이야기는 다음을 궁금하게 했다. 선영의 만화를 좋아하는 팬들은 만화가 자극적이지 않아서 오히려 기억에 남는다고 말했다.『천사들의 도시』는 꾸준히 인기를 끌어 나중에는 메인 배너에 걸릴 만큼 회사의 간판 만화가 되었다. 그 후로도 이 만화는 여러 만화 플랫폼을 거치면서 계속 인기를 구가했다. 어느 정도의 인기였냐고 하면, 드라마로 제작하고 싶다고 하며 방송국 관계자가 선영에게 연락할 정도였다.

만화가 인기를 끄는 동안 선영은 고시원에서 오피스텔로 거처가 바뀌었다. 하지만 도화동 수프 가게를 찾아가 마음의 안식을 찾는 일은 바뀌지 않았다. 그런데 선영에게 신경이 쓰이는 일이 하나 생겼다. 아주머니가 정우에게 가게를 맡아서 할 생각이 있는지 물었던 일이 있었다. 정우는 언제인가 준비가 되면 그렇게 하고 싶다고 대답했다. 정우가 이 일을 지나가듯이 선영에게 들려주었다. 정우의 말을 들은 선영은 불현듯 왠지 가게가 문을 닫을 것 같은 예감을 했다.

그러던 어느 날 정우는 여느 때처럼 가게를 찾아와 시간을 보내고 있는 선영을 보며 말했다. "이 가게 곧 문을 닫게 될지도 몰라." 정우는 가게를 운영하던 정우 숙모가 프랑스로 돌아간다고 했다. 정우 말로는 숙모의 부모님이 아프신데 돌봐줄 가족이 없어 숙모의 걱정이 컸다고 했다. 그리고 숙모는 어느 날부터 프랑스 고향에 관한 이야기를 자주 하시는 게 그곳에 대한 그리움이 커 보였다고 했다. 숙모가 프랑스로 돌아가는 걸 삼촌도 동의했으니 숙모가 프랑스로 가는 건 시간 문제라고 말했다. 선영의 예감이 맞았다. 다만 이걸 정우의 말로 듣고 싶지는 않았다.

"아주머니가 프랑스로 가시면, 정우 네가 이 가게를 물려받는 거야?"

선영은 정우가 맡았으면 하는 바람이었다.

"마음은 그러고 싶어. 그런데 내가 혼자서 이 가게를 운영할 수 있을까. 나는 아직 부족해."

정우는 숙모의 가게를 이어가고 싶었지만 혼자서 할 수 있을지를 걱정했다. 그렇다고 숙모 밑에서 배운 요리 기술을 쓸만한 마땅한 다른 식당도 찾는 것도 여의치 않았다.

"가게 문을 닫으면, 너는 어떻게 할 거야? 계획은 있어?"

"북카페를 하려고. 책을 고르고 추천도 해주고 이런 일들 내 전문이잖아."

정우는 서울에서 북카페를 열만한 적당한 곳을 알아보고 있다면서, 핸드폰 화면에 사진을 띄워 선영이 보도록 했다.

정우가 하려는 북카페도 좋지만 도화동 수프 가게가 사라진다고 하니 선영으로서도 너무 아쉬웠다. 이 가게는 선영이 가장 아끼는 장소였고 그만큼 추억도 많은 곳이었다. 그곳은 만화가 데뷔 문턱에서 좌절할 때마다 자신을 위로해 준 곳이었고, 만화 연재로 눈코 뜰 새 없이 바쁜 나날들 속에서는 쉼표를 찍어주고 격려해 준 장소였다. 그리고 무엇보다 정우를 만나게 해준 추억의 가게였다. 그런데 그 가게에 임대라는 딱지가 붙여질 거라고 하니 쓸쓸해졌다. 선영은 임대료, 운영비 등 북카페 이야기로 한창인 정우의 말을 끊으며 뜻밖의 제안을 했다.

"아주머니가 하시던 수프 가게를 할 사람이 없다면 우리가 하면 어떨까?"

선영은 이곳이 문을 닫을 때 어떻게 하는 게 좋을지 그동안 생각하고 있었다. 그리고 선영이 생각해 낸 건 정우와 같이 이곳을 운영한다는 아이디어였다. 그런데 선영의 제안에 정우는 의외라는 반응을 보였다.

"왜 내 말이 예상 밖이야?"

선영은 정우를 눈빛의 의미를 읽었다.

"내가 아는 오선영이 맞나 해서. 선영이라면 이런 거 말고 좀 더 안전한 선택을 할 거 같았거든."

"내가 하기에는 대범한 선택이란 거군."

"그렇긴 해. 네가 만화 말고 다른 데도 관심이 있는 줄 미처 몰랐어."

선영은 정우가 놀란 이유가 아마 만화 그리던 모습만 봐서 그런 건지도 모른다고 생각했다.

"그렇게 하고 싶었던 연재를 해봐서 그런지 이제 미련이 없어."

"만화는 이제 안 그린다는 말이야?"

정우한테 선영의 말은 만화를 그만 그리겠다는 걸로 들렸다.

"아니. 만화는 계속 그릴 거야. 연재는 아니어도 그릴 수 있으니까. 연재하느라 좀 지치기도 했거든."

정우는 선영이 데뷔 이후 그동안 연재하느라 힘들어했던 것도 봐왔기에 무리는 아니라고 생각했다. 하지만 누구나 자기 일에 고충은 있는 법이어서, 선영이 만화 말고 다른 걸 할 거라고는 생각해 본 적이 없었다. 정우는 선영을 다시 바라보았다. 선영의 눈은 사뭇 진지했다. 선영의 말은 그냥 던져보는 아이디어가 아니었다.

"나도 숙모가 하시던 가게를 이어서 하고 싶어. 그런데 현실적인 문제도 있어서. 사실 이 가게가 사라지는 게 너무 안타까워. 그런데 오래된 가게라서 손을 봐야 할 곳도 많고, 내가 숙모님 하시던 요리를 전부 그대로 할 수 있을지 모르겠어."

정우는 숙모가 하던 방식을 그대로 하지 못한다면 가게를 이어 간다고 떳떳하게 말할 자신이 없었다.

"음식을 모두 할 필요는 없지 않을까. 가게에서 제일 유명했던 게 수프였잖아. 너는 수프는 다 요리할 줄 안다고 했으니까."

선영은 정우가 주저하는 부분을 정리해 주었다.

"수프는 다 요리할 줄 알아. 그밖에 몇 가지는 할 줄 알거든. 그런데 뭔가 더 부족한 거 같아."

"부족한 부분은 책으로 채우면 되지. 우리 둘 다 책도 좋아하고 많이 보잖아. 수프하고 책은 의외로 어울릴지도 몰라. 그러니까 사람들이 이곳에서 수프도 먹고 책도 읽을 수 있는 공간으로 만드는 거야."

"수프도 먹고 책도 읽을 수 있는 공간이라…"

선영은 새로운 길을 정우에게 보여주었다. 정우는 자신도 모르게 이 제안에 끌리고 있었다.

"여기에 북카페를 만드는 거야."

정우는 선영의 말에 눈을 감았다. 선영은 정우가 눈을 감고 무슨 생각을 하는지 궁금해하며 지켜보았다. 한동안 눈을 감으며 생각에 잠겼던 정우가 눈을 떴다. 그는 수프를 먹으며 책을 읽는 사람들을 떠올렸다고 했다. 그리고 그 공간이 얼마나 멋질지도 상상해 봤다고 했다. 선영은 정우의 말을 듣고 이렇게 말했다.

"그보다 더 멋질 거야."

아주머니가 프랑스로 떠나자, 선영은 정우와 함께 아주머니의 가게를 넘겨받았다. 그렇게 해서 도화동 수프 가게는 명맥을 이어갈 수 있게 되었다. 전보다 달라진 부분이 있다면 가게의 모습과 전에는 볼 수 없던 책들이 있다는 점이었다. 그들은 이 가게가 아파트와 주택, 그리고 작은 가게들이 곳곳에 들어선 이곳에 가장 눈에 띄는 가게가 되었으면 했다. 그래서 생각 끝에 나온 가게의 모습은 숲속의 집이었다. 그들은 사람들이 가게를 보자마자 숲속에 온 것 같은 편안함을 느끼고 안으로 들어와 수프를 먹고 책을 읽으면서 지친 마음을 녹일 수 있는 그런 가게가 되었으면 하는 마음으로 가게를 디자인했다. 선영과 정우는 그들이 할 수 있는 모든 상상을 가게에 구현해 내려고 노력했다. 그들은 숲속의 오두막 같은 느낌을 주기 위해 통나무를 쌓아 올린 것처럼 외관을 꾸몄다. 가게 안은 골동품 같은 물건들을 배치해서 예스러운 느낌을 풍기게 했다. 그 골동품 중에는 절판되어 구하기 어려운 오래된 책들도 있었다. 선영과 정우는 특히 이 책들에 공을 들였다. 가게의 분위기에 어울리면서 지금은 구하기 어려운 책을 찾기 위해 전국의 헌책방들을 돌았다. 마지막으로 아주머니의 수프 가게를 이어간다는 의미에서 이름에 수프를 넣어 '책과 수프'라고 지었다. 새롭게 완성된 가게는 숲속의 오두막 같은 이색적인 모습 덕분에 많은 사람의 눈길을 끌었다.

***

딸랑. 종소리와 함께 손님들이 가게를 찾아왔다. 선영은 종소리를 듣고 그제야 브레이크타임이 끝났음을 알아차렸다. 선영은 밝게 웃으며 가게를 찾아온 손님들을 맞았다. 다시 선영은 부엌으로 돌아가 수프를 끓였다. 하늘에는 저녁노을이 드리우고, 열어진 햇빛은 은근하게 '책과 수프'를 비추었다.

겨울이 끝자락이지만 아직 제법 매섭게 추웠다. 따뜻한 수프 한 그릇으로 차가운 겨울을 잊고 싶어 하는 사람들이 도화동 골목길에 자리한 오두막으로 모여들었다. 선영은 가게를 찾아온 손님들을 맞이하느라 바쁘게 보내고 있었다. 그때 선영의 핸드폰에 메시지 알림음이 울렸다. 잠깐의 여유를 내어 메시지를 확인해 보니 미연으로부터 온 메시지였다. 미연이 고시원으로 돌아가고 열흘 만이었다.

선배님. 미연이에요. 오늘 저녁에 가게로 가서 찾아뵙고 싶은데요. 언제가 괜찮으세요?

미연이 저녁에 가게로 들르겠다고 메시지를 보내왔다.

미연이구나. 잘 지냈어? 저녁 8시 정도가 좋겠어.
이 시간이 서로 편할 거 같아.

선영은 8시 즈음에 오면 좋겠다고 메시지를 보냈다. 그 시간은 가게 영업이 끝나갈 때고, 손님도 없으니 미연이 오면 대화하기에 적당한 시간이었다. 어떤 만화를 구상하고 있을지, 하얀 백지만 보면 답답해져서 선 하나도 긋지 못한다던 트라우마는 극복했을지, 다시 하는 고시원 총무 일은 어떤지 등 물어보고 싶은 게 많았다.

가게 영업이 끝나가는 시간, 선영은 솥에서 닭고기와 양파 그리고 크림과 감자 등을 넣고 수프를 끓였다. 선영이 만들고 있는 수프는 프리카세라고 하는 프랑스 가정식 닭고기 수프였다. 선영은 여기에 좀 더 재료를 넣어 풍성하게 변형시켰다. 정우는 이 요리를 선영에게 가르쳐 주며 닭고기 수프는 영혼을 치유하는 힘을 가지고 있다고 했다. 선영은 고시원 생활에 지쳐 있을지도 모를 미연을 위해 이 수프를 선택했다. 선영은 수프가 거의 완성될 무렵 맛을 보기 위해 한 숟가락 떠서 먹었다. 크림과 진한 닭고기 육수가 서로 어우러진 맛이 일품이었다. 선영은 이 수프의 맛이 미연이 보냈을 고단한 하루를 위로해 주기를 바라며 솥에 국자를 넣어 저었다. 수프 요리가 끝날 무렵 딸랑, 하는 경쾌한 종소리와 함께 누가 찾아왔다. 미연이었다. 미연은 가게에서 열지만 은근하게 퍼져오는 수프의 향을 느꼈다. 향이 코끝에 걸리자 미연의 입가에 저절로 미소가 번졌다. 이 향은 부엌에서 수프를 요리해 본 사람만이 느낄 수 있는 향이었다. 미연은 향을 느끼며 이곳에서 보낸 시간을 추억했다.

미연이 창가에서 조금 떨어진 자리에 앉아 선영이 끓인 수프를 먹었다. 미연은 수프를 먹으며 말했다. "이 맛이 그리웠어요." 선영과 미연 두 사람의 온기가 가게를 채웠다. 초승달이 뜬 밤하늘. 달빛은 은은하게 '책과 수프'를 비추고 있었다.

목요일에 오는 손님

1

　　선영은 북카페 '책과 수프'를 드나드는 사람들을 보면서 어떤 일을 하고 어떤 성격이며 어떤 사연들을 가졌는지 추측하고 상상해 보는 걸 좋아했다. 이건 만화를 그릴 때 인물을 구상하기 위해 사람들을 관찰할 때 하던 일이었다. 어느 드라마 작가는 어떤 사람이든 5분만 보면 그 사람의 직업이나 성격, 습관까지 떠올릴 수 있다고 했다. 실제로 작가의 추측이 그 사람의 성격과 맞는지는 알 수 없었다. 하지만 그 짧은 시간 안에 그렇게 세심하게 구상할 수 있다는 건 작가로서 대단한 능력이었다. 그래서 선영도 어느 때라도 사람들을 관찰하면서 어떤 사람인지 상상하며 인물 구상을 하곤 했다. 만화를 그릴 때 습관이 남아서인지, 선영은 지금도 이따금 사람들을 보며 어떤 사람일지 궁금해하며 추측했다. 추측은 즐거웠다. 선영은 추리 소설을 좋아해서 누군가를 추측하다 보면 자신이 탐정이 된 것 같은 기분도 들었다.

햇살이 내리쬐는 오후 어느 시간, 선영은 지금 테이블에 혼자 앉아 책을 보고 있는 나이 지긋한 할아버지 손님을 보고 선영은 이 할아버지가 어떤 사람일지 상상해 보고 있었다. 할아버지는 벙거지를 쓰고 갈색 뿔테에 수염이 멋지게 다듬은 모습이 장인이나 은둔 예술가처럼 범상치 않은 아우라를 내고 있었다. 선영은 할아버지를 보며 자신의 추리력을 발휘했다. '평일 낮 시간대에 주로 오시는 거로 봐서 시간이 여유로운 분이고, 은퇴했거나 적어도 시간이 자유로운 일을 하는 분이겠지. 아마 예술을 하는 분이 아닐까.' 선영은 할아버지가 주로 보는 책들이 여행에 관련된 책인 거로 봐서는 사진작가가 아닐까 생각했다. 선영은 할아버지의 정체가 궁금해서 쿠키 몇 조각과 차를 서비스로 드리면서 슬쩍 물어보기로 했다.

"예술을 하는 분이신가 봐요. 사진작가 같은 느낌이 들어서요."

"허허, 사진작가는 아닙니다. 여행 에세이는 한 편 쓰고 싶군요."

할아버지는 건축가로 젊은 시절 건축 공부로 스페인으로 유학 갔을 때 먹었던 수프 요리가 그리워서 여기 자주 오게 된다고 했다. 할아버지는 스페인 유학 시절 일기나 사진 같은 기록을 많이 남겨 놓지 않은 것이 후회된다고 말했다. 그래서 지금이라도 더 늦기 전에 여행으로라도 스페인으로 가서 보고 듣고 느낀 것을 기록으로 남기고 싶다고 했다. 선영은 언제인가 할아버지가 스페인 여행 에세이를 쓰면 그 책은 꼭 여기에 진열해 두고 싶다고 덕담을 건넸다. 선영의 예상과는 벗어났지만, 할아버지는 작가가 꿈이셨으니 예술가라고 추측했던 것은 반은 맞춘 셈이다. '이 정도면 탐정 조수 정도는 할 수 있지 않을까.' 선영은 이 정도면 스스로 대견하다고 추켜세웠다.

요즘 선영이 정말 궁금한 손님은 따로 있었다. 이 손님은 젊은 여자였는데 매주 특정 요일 정해진 시간에 나타나서 수프를 주문해 포장해 갔다. 늘 같은 시간에 왔고 같은 메뉴를 주문해 갔다. 가끔 특정 요일 말고 다른 요일에 오기도 했지만, 그때도 나타나는 시간은 늘 같았다. 이 손님은 조용하고 낯가림이 있을 것 같은 인상의 차분한 분위기를 가지고 있었다. 선영보다 더 젊은, 이십 대 초·중반쯤으로 보이는 여자 손님이었다. 여자는 올 때마다 늘 포장을 고집했는데 포장해서 서둘러 가야 할 만큼 바쁘게 보이지는 않았다. 선영이 "수프는 요리가 나왔을 때 거기에서 바로 먹는 게 제일 맛있어요. 안 바쁘시면 가게에서 먹고 가는 건 어떠세요?"라고 말하며 가게에 먹고 가라고 권한 적도 몇 번 있었다. 그때마다 여자는 "집에서 먹는 게 좋아서요. 다른 뜻은 없어요."라고 말하며 가게에서 먹고 가는 걸 극구 사양했다.

여자가 가진 쓸쓸한 분위기는 남들과는 다른 느낌이 있었다. 그게 무엇이라고 명확하게 말할 수는 없지만, 사람들과 섞이지 않는 어색한 분위기를 두르고 있었다. 그 어색한 느낌 때문이었는지 몰라도 선영에게 여자 손님은 쉽게 잊히는 지나가는 사람 이상의 의미로 다가왔다.

목요일 6시 30분. 그 의문의 여자가 올 시간이다. 딸랑, 하는 종소리와 함께 문이 열렸다. 시간을 지키듯 여자가 들어왔다.
"수프 알로뇽 한 그릇 부탁합니다."
여자는 늘 이 메뉴를 시켰다.
"포장이죠?"
선영은 다음 할 일은 다 알고 있다는 미소로 화답했다. 여자는 고개를 살짝 끄덕이며 미소를 지었다. 그리고 수프가 한창 끓는 기다림의 시간에 여자는 책장에서 책을 찾아 손에 들었다. 여자는 얼굴에 엷은 미소를 띠고 책의 페이지를 넘겼다. 선영이 수프를 완성해서 포장용 그릇에 수프를 넣어 포장지에 넣고 나와보니 여자는 책을 읽고 있었다. 여자 손님은 보통 핸드폰을 보거나 창밖을 보면서 기다렸는데 책을 보고 있는 건 보기 드문 광경이었다.
선영은 여자가 여기서 책도 읽으면서 시간을 보내다가 갔으면 하는 마음이 들었다.
"여기서 수프도 드시고 책도 보시다가 가셔도 돼요."
선영이 수프를 담은 포장지 매듭에 손을 올리며 부드러운 얼굴로 말했다.
"아니요, 아니요. 가서 먹을게요. 감사합니다."

여자는 앉아서 잠시 책을 봤다는 사실이 들키면 안 되는 일이었다는 듯이 황급히 일어나 포장된 수프를 손에 들고 일어서서 가게 문 쪽으로 걸어갔다. 그렇게 문을 열고 나가려던 여자는 무언가 생각이 난 듯이 다시 책 진열대로 와서 읽던 책을 들어서 선영에게 보여주었다.

"그런데, 이 책이요. 사서 갈 수 있을까요?."

여자 손님의 검지가 열람용 띠지를 감싸고 있었다. 아무래도 손님은 열람용이라고 적힌 부분을 신경 쓰는 듯했다.

"그럼요. 손님이 원하시면 판매도 가능해요. 이렇게 하면 되거든요."

선영은 여자에게 책을 건네받아 열람용 띠지를 떼어냈다. 열람용과 판매용은 구분해 놓고 있었다. 이건 규칙이지만 규칙이야 선영이 정하기 나름이었다. 에릭 시걸의 『러브스토리』는 좀처럼 사람들이 찾지 않는 책이었다. 그렇지만 여자 손님에게만큼은 다시 찾아보고 싶은 책이었던 것 같다. 선영은 가끔은 규칙을 바꾸더라도 원하는 사람에게 책을 건네주는 것도 괜찮다고 생각했다.

"에릭 시걸 작품 좋아하시는군요?"

"좋아해요."

여자는 옅은 미소를 띠었다.

선영은 여자 손님이 가게에 왔다 간 후에, 그 여자에 대해서 다시 곰곰이 생각했다. 왜 그렇게 음식 포장을 들고 서둘러 나가려고 했는지, 왜 그 책을 사 가려고 했는지 여자에 대해서 의문스러운 점이 한둘이 아니었다. '왜 그렇게 서둘러 나가려 했을까.' 카페에서 책을 읽는 것을 금지합니다. 이렇게 붙여놓은 것도 아닌데 여자는 왜 그랬는지 정말 알 수 없었다.

"언니, 정말 이 책들 진열대에서 빼는 거 맞아요?"

가게 일을 도우러 온 정아가 진열대 앞 선반 위에 놓인 책들을 보고 고개를 갸웃거렸다. 선반 위에 책들은 진열대에 꽂힌 지 조금 오래되기는 했지만, 인기 있는 책들이어서 진열대에서 빠진다는 게 의아했다. 더구나 이 책들은 한 달 전에 큐레이션 방식에 대해서 고민하던 선영이 보름 동안 고민하다가 선별해 놓은 책들이었다.

"이 책들 빼고 무슨 책들 넣었어요?"

"저기, '사랑' 카테고리 세 번째 칸에서 봐봐. 새로 넣은 책들이야."

선영이 손으로 진열대를 가리켰다. 정아는 선영이 가리킨 진열대를 보면서 새로 들어간 책들을 확인했다.

"에릭 시걸? 에릭 시걸 책들이 도대체 몇 권이야. 언니 정말 이걸로 채우게요? 에릭 시걸 인기 없다고 진작에 다 빼놓았잖아요."

"뺐지."

"왜 갑자기 심경에 변화가 온 거예요?"

"에릭 시걸 책을 좋아하는 손님이 있거든. 여기서 한 권 보고 가셨어. 오면 다른 책들도 찾을 것 같아서."

"보고만 가신 건가요. 손님이 보고 갔다는 책 이거 맞죠?"

정아는 책 진열대를 훑어보더니 재빠른 손놀림으로 에릭 시걸의 『러브스토리』를 빼서 들었다.

"맞아. 아직은 안 팔렸어."

"역시. 에릭 시걸 작품 찾는 손님이라면 열에 아홉은 이 책이죠."

선영은 정아가 들고 있는 책을 보며 알 듯 모를 듯 한 미소를 지었다.

"그 손님이 누구예요? 언제 올지 알고."

정아는 이해할 수 없다는 듯 고개를 갸웃거렸다. 선영은 그 손님은 항상 정해진 요일 정해진 시간에 오는 손님으로 예측이 확실한 손님이라고 설명했다. 정아는 그렇다고 해도 한 손님을 위해 인기 있는 다른 책들이 내려와야 한다는 건 이해하기 어렵다고 대꾸했다. 둘은 가게 운영 방식에 대해 다소 진지한 대화를 주고받았다.

"그분이 에릭 시걸 팬이라도 와서 '이거 전부 사 갈게요.' 할 것 같지 않은데요? 그분이 사고 싶다고 구해달라고 한 것도 아니잖아요."

"순수한 나의 호의지. 항상 와서 수프만 포장해 가시잖아. 좀 더 가게에 머물다가 갔으면 좋겠어."

"그 이유만은 아니죠?"

정아가 선영의 속내를 떠보듯이 눈을 흘겼다.

"호의만으로도 이유는 충분한 거 같은데?"

"글쎄요. 충분하려나. 흠."

정아는 여전히 모르겠다는 얼굴로 선영의 말을 곱씹었다. 선영의 엉뚱함은 종종 봐오던 거지만 가끔은 이처럼 이해가 되지 않아 당혹스러울 때도 있었다.

"내가 처음 이 가게를 애틋하게 느낀 계기도 작은 호의였어. 여기에 발길을 한 지 얼마 안 될 때였어. 어느 날 가게 책장에 추리 소설이 놓여 있는 걸 본 거야. 그걸 보고 나를 위한 공간이라는 느낌이 들었거든. 정말 기뻤지."

선영은 그렇게 말하며 추억에 잠겼다.

"오빠가 그런 거 잘하죠. 게다가 오빠는 언니를 마음에 들어 했으니까요. 언니의 지나가는 말 한마디도 오빠한테 소중했을 거예요."

혜지는 십여 년을 선영과 알고 지냈지만, 호의에 대한 이런 추억은 처음 들었다. 정아는 무심코 "추리 소설 좋아해요."라고 말하는 선영과 그 한마디를 놓치지 않고 열심히 추리 소설을 골랐을 오빠 정우가 머릿속에 그려졌다. 그려진 그 둘의 모습은 마치 드라마 한 장면처럼 쨍하고 예뻤다. 그러나 그런 오빠가 이제 없다고 생각하니 슬픈 기분이 들었다.

"작은 호의로 누군가의 오늘이 바뀔 수도 있으니까. 나는 그렇게 믿어."

선영은 단 하루지만 오늘 즐거울 수 있다면 오늘은 그 사람의 추억이 될지도 모른다고 생각했다.

'추억은 떠올리는 것만으로 행복하게 해주니까.'

선영이 정아로부터 책을 받아 있던 자리에 꽂아 넣었다. 자리에 얌전하게 꽂혀 있는 책을 보니 그 손님이 떠올랐다. 머뭇거리며 조심스럽게 책을 넣던 그 손님이 왠지 모르게 눈에 밟혔다.

***

선영이 새 책들을 비치해 두고 나서 며칠이 지났다. 오늘은 목요일. 특별한 일이 없으면 그 여자 손님이 오는 날이다. 선영은 새로운 책들로 채워진 진열대를 보니 뿌듯했다. 매주 목요일 저녁에 찾아오는 정체가 궁금한 여자 손님. 그 손님이 들러서 새롭게 비치된 에릭 시걸의 책들을 보면 어떤 반응을 보일지 벌써 기대됐다. 어쩌면 그 여자 손님의 취향에 맞춘 책들을 보고 가게에 더 머물고 싶은 기분이 들어 머물러 줄지도 모를 일이었다.

목요일에 오는 여자 손님을 기다리는 동안 선영은 순수한 호의로 시작한 이 계획에 아쉬움이 밀려올 때가 간혹 있었다. 가게를 찾아오는 손님들이 하필이면 진열대에서 빼놓았던 책들을 찾을 때가 그랬다.

선영은 예전에는 잘 팔렸지만 근래에 인기가 떨어져서 안 찾는 책들을 골라서 빼내려고 고심하고 고심해서 빼놓았다. 그런 와중에 근래 이 수개월 동안 누구도 안 찾던 책들이었는데, 진열대에서 빠지자마자 사람들이 그 책들을 찾을 줄이야.

하지만 이런 일도 예상은 했으니 아쉽지만 어쩔 수 없었다. 이럴 줄 알고 손님이 오는 목요일에 맞춰 진열대를 바꿀까도 했지만, 미리 새 책으로 진열하기로 한 건 선영의 결정이었다. 그렇게 며칠이 지난 후에 드디어 목요일이 되었다. 목요일 저녁, 시계가 6시 30분을 가리킬 때 알람 시계가 울리듯이 딸랑, 하고 문의 종소리가 울리고 기다리던 그 여자 손님이 나타났다. 선영은 얼른 새로 들어온 책들을 소개해 주고 싶었다. 선영은 손을 흔들면서 다가가 여자를 반갑게 맞이했다.

"오늘 즐거운 일이라도 있으셨나 봐요."

여자는 선영의 활기찬 모습을 보고 웃으며 인사했다.

"그럼요, 책들이 새로 들어왔거든요."

선영은 여자에게 진열대에 들어온 새롭게 진열된 책들을 소개했다.

"혹시 찾으실 것 같아서, 준비해 뒀어요."

여자는 손으로 새로 진열된 에릭 시걸의 소설들을 조심스럽게 훑었다. 선영은 여자의 얼굴에 걸린 엷은 미소를 보니 소설들을 찾아서 진열해 두기를 잘했다는 생각이 들었다.

"옛날 책들이라 찾는 데 어렵지 않으셨어요?"

상기된 여자의 얼굴에는 고마움과 미안함이 섞여 있었다.

"어렵지는 않았어요. 예전에 진열되어 있었던 책들이었거든요."

여자는 왠지 예전에 있었다는 말에 안도하며 반색하면서 책들을 다시 살펴보기 시작했다. 여자는 새롭게 진열된 책 중에서 한 권을 꺼내 들어 조심스럽게 책을 펼쳤다. 책에는 손가락 두 마디쯤 되는 작은 책갈피가 중간에 끼워져 있었다. 여자는 책갈피를 꺼내고는 생각에 잠긴 얼굴로 한참을 들여다봤다.

"이 책이 아직 여기에 있었군요. 이 책갈피가 그대로 있어요."

여자는 예전에 가게에 와본 적이 있었다. 지금 책을 보고 "아직 여기 있었군요."라고 말하는 걸 보니 여기에 온 적이 있었다는 사실은 분명했다. 선영은 처음 여자가 수프를 주문할 때가 생각났다. 여자는 메뉴를 보더니, 고민하지 않고 바로 프랑스식 양파 수프인 수프 알로뇽을 주문했다. 보통은 가게에서 음식을 먹어본 후에 다음에 올 때는 포장을 해가는 것이 일반적이다. 그런데 여자는 알고 있는 메뉴를 시키는 사람처럼 거리낌 없이 주문해서 포장해서 갔었다. 어쩌면 먹어보지도 않고 메뉴를 주문해서 바로 포장해 갔을 때, 여자가 이 가게에 방문한 일이 처음이 아니란 사실을 알아챌 수도 있었을 것이다.

"어쩐지, 여기 방문 처음이 아니셨군요?"

선영은 사실 전혀 눈치를 못 채고 있었지만, 알고 있었다는 듯한 어조로 물었다.

"네. 몇 년 전에 몇 번 왔었어요."

"그때 여기서 읽다가 중간에 책갈피를 꽂아뒀거든요. 그런데 그대로네요."

여자는 신기한 듯 책갈피를 들어보며 선영에게 보여주었다. 꽃 그림에 손가락 두 마디 정도 되는 단순하지만 예쁜 책갈피였다. 가게에는 이런 책갈피를 두지 않는 걸로 보면 손님이 가지고 있었던 책갈피로 보였다. 그때 책을 읽고 책갈피를 꽂아둔 채 잊고 있었던가 보다. 책을 정리할 때 선영이 책갈피를 발견할 수 있었는데, 그대로인 걸 보면 선영도 책을 확인해 보지 않고 진열대에서 그냥 빼서 두었던 것 같다. 책갈피의 존재는 그렇게 잊힌 채 몇 년간을 이 책과 함께 보냈다.

"그 책갈피, 사연이 있으신가 봐요."

"네. 조금."

언제나처럼 여자는 수프 알로뇽을 주문했다. 선영은 "책 보시다가 가도 돼요."라고 했지만, 여자는 이번에도 "괜찮아요. 다음에요."라고 말하며 포장한 수프를 가지고 갔다. 여자는 가게를 나서면서 책갈피가 꽂혀 있었던 책에 책갈피를 조심스럽게 꺼내고 책은 덮어 책장의 진열대에 원래 있던 곳에 두었다.

"책갈피, 꽂아두셔도 괜찮아요."

선영은 싱긋 웃으며 책장에 책을 꺼내 여자에게 주었다. 여자는 감사하다는 말과 함께 책갈피를 책에 꽂아두었다.

"저기, 제 명함이에요."

여자가 가방에서 지갑을 꺼내 하얀 명함 하나를 꺼내 선영에게 주면서 수줍게 웃었다. 명함에는 '기자 민혜지'라고 적혀 있었다. 선영은 조용하고 자기만의 공간을 조심스레 지키는 여자에게서 기자의 모습을 찾아보려 했다.

"편집부예요."

여자는 명함을 보고 있는 선영에게 말을 보탰다. 선영은 그제야 명함에 편집부라고 되어 있는 부분을 찾았다. 선영이 편집부를 확인하자, 여자는 은은한 미소를 지었다. 선영은 여자의 미소에 화답하듯 따뜻한 미소를 건네주었다.

여자가 다녀간 후에 선영은 책장에 진열해 놓은 새 책들을 어떻게 둘지 생각해 보았다. 책장의 공간은 한정되어 있기에 새로 진열된 책들을 빼놓지 않으면 인기 책들을 다시 꽂아두기는 어려울 것이다. 하지만 선영은 목요일에 찾아오는 손님을 위해 이대로 남겨두기로 했다. 언젠가는 이 책들과 함께 이곳에서 시간을 보내기를 바라면서.

2

혜지는 혼자였다. 군인인 아버지 따라서 이사가 잦았고, 성격도 조용한 혜지는 좀처럼 친구를 사귀지 못했다. 아버지는 항상 해야 할 일과 하지 말아야 할 일들을 가족들에게 상기시키는 것 외에는 관심이 없는 엄한 사람이었다. 혜지는 조용한 아이였다. 어디를 가나 눈에 띄지 않는 그런 아이였다. 혜지처럼 조용한 아이들은 드물지 않았지만, 혜지처럼 늘 혼자인 아이는 없었다. 그런 혜지는 학교에서 누구한테도 칭찬도 기대도 받아보지 못했다. 혜지는 뭘 하든지 흥미가 없었고 무료할 뿐이었다. 그런 혜지에게도 즐거웠던 기억은 있었다. 여덟 살 위의 언니와 보낸 어린 시절의 모든 기억은 혜지에게 즐거운 추억이었다. 예쁘고 공부도 잘했으며 활달한 언니는 어느 쪽으로 보나 혜지와 달랐다. 사교성 좋은 언니는 늘 바빠 보였으며, 핸드폰이 울리지 않는 날이 없었다. 군인 아버지 따라 잦았던 이사도 언니한테는 오히려 더 많은 친구가 생기는 기회가 되었다. 그렇게 인기 많은 언니는 바빠도 혜지를 위한 시간은 내어주었다. 혜지가 태어나고 얼마 후에 아버지와 이혼한 어머니의 기억을 언니는 가지고 있었다. 혜지는 기억도 나지 않는 엄마. 언니는 그 엄마의 빈자리를 대신해서 혜지를 아껴주었다. 혜지에게 언니는 엄마였고 유일한 절친한 친구였다.

그런 언니였는데, 언니는 대학교를 졸업할 즈음해서 집을 나갔다. 아니 집과 연락을 끊었다. 언니가 집을 나간 건 항상 해야 할 일과 하지 말아야 하는 일들을 상기시키는 아버지 때문이었다. 공부도 잘해서 내로라하는 명문대 중 한 곳에 들어간 언니는 아버지의 기대였다. 하지만 언니는 대학에 들어가면서 아버지와 자주 생활, 진로 등의 문제로 다투었다. 혼자서 자취 생활 하던 언니가 집에 올 때는 방학 때만이었는데, 언니는 올 때마다 아버지와 다투었다. 언니는 더는 해야 할 것들을 하고 하지 말아야 할 것들을 하지 않는데 지쳤던 것 같다. 그렇게 다투던 언니는 대학 졸업과 동시에 프랑스로 요리 유학 간다는 말과 함께 집을 떠나버렸다. "아버지한테 잘해드려. 혼자시잖아." 언니가 떠나기 전에 혜지한테 했던 마지막 말이었다. 혜지는 다시 혼자가 되었다.

혜지가 고등학교 졸업하고 했던 첫 번째 일은 여성복을 주로 판매하는 옷 가게 점원이었다. 붙임성 없는 혜지는 고객 응대에 서툴렀다. 옷을 보고 손님에게 어울리는 적절한 옷을 추천해 주어야 하는데 혜지는 그러지 못했다. 옷을 고르는 감각은 나름대로 있었다. 그런데 손님이 옷을 보고 내켜 하지 않으면 그때마다 실수한 것 같아 조마조마한 마음에 어찌할 줄 몰랐다. 가게에서 혜지는 늘 어딘가 주눅 들어 보이고 목소리도 작았다. 옷 가게 주인은 혜지가 차차 나아질 거라고 봤지만 좀처럼 진전이 없었다. 혜지는 "잘 어울리시네요." 외에 다른 말은 좀처럼 할 줄 몰랐다.

수습 기간이 끝날 때, 가게 주인은 혜지를 불러 "여기 일하고는 잘 안 어울리시네요."라고 말했고, 혜지는 그만두었다. 두 번째 일은 신문사 기자였다. 작은 신문사였다. 혜지가 지원했을 때 혜지 말고는 다른 지원자가 없었다. 거기에 면접은 "타자 칠 줄 아시죠?"라는 질문이 전부였을 만큼 간단했다.

쉽게 들어갔지만 일을 배우는 건 힘들었다. 혜지가 맡은 부서는 편집부였다. 기사를 보내오면 신문 지면에 맞게 기사를 넣고 글을 자르고 요약해야 했다. 면접과는 다르게 타자만 칠 줄 알아서는 하기 어려운 일이었다. 혜지를 압박하는 또 하나는 수습 기간 3개월이었다. 적어도 이 3개월은 버텨야 정직원이 될 수 있었다. 컴퓨터와 썩 친하지 않은 혜지였기에, 하루하루가 고역이었다. 회사에서 온종일 편집 프로그램하고 눈싸움만 하다가 끝나는 것 같았다. 잔뜩 긴장해서 컴퓨터 화면을 노려보고 있는 혜지를 보고는 혀를 끌

끌 차며 겁주고 가는 직원도 있었다.

"어허 혜지 씨, 이러다가 여기서 잘려요. 너무 헤매는 거 같은데요." 그 직원은 도와주지는 못할망정 농담인지 진담인지 애먼 소리로 혜지의 속만 긁고 갔다.

혜지는 해야 할 것과 하지 말아야 할 것도 잘 알려주지 않고 '다시'라는 말만 하는 담당 편집부 기자 밑에서 호되게 수습 기간을 보냈다.

그날도 혜지는 언제나처럼 신문의 네모 칸에 들어가지 않는 덩치 큰 글들을 칸 속에 구겨 넣느라 씨름을 하고 있었다. 그때 "잠깐 제가 한번 볼까요." 부드러운 음성이 혜지의 귀 뒤로 들려왔다.

돌아보니 사람 좋은 인상의 덩치 큰 사내가 캔 커피를 들고 혜지를 바라보고 있었다. 혜지는 그 사내가 누구인지 단번에 알아봤다. 이름은 최경호, 혜지가 들어오기 몇 달 전에 들어온 서른 초반쯤 되는 남자 기자였다. 입사 기간은 혜지하고 몇 달밖에 나지 않았지만, 신문사 일을 오래 한 경력이 있어 혜지와는 여러 가지로 사정이 달랐다. 그는 매사 여유가 있었고, 농담도 곧잘 해 주위 사람들을 자주 웃게 했다. 농담이 썰렁하다고 구박받기는 해도 그는 개의치 않는 것 같았다. 그의 농담에 혜지도 웃었다. 사람들이 뭐라고 해도 혜지는 남자의 농담이 실없다고 느끼지 않았다.

남자는 혜지 옆에 앉아서 마우스로 혜지가 헤매고 있는 글이 있는 칸을 스크롤로 내리면서 친절하게 하나씩 짚어가며 설명해 주었다. 혜지가 남자의 설명을 한 번에 알아듣지 못해서 잔뜩 미안해하며 쳐다봤다. 그럴 때마다 "그럴 수 있어요. 다시 설명해 줄게요. 여기 잘 봐요. 혜지 씨."라고 하며 혜지가 주눅이 들지 않게 배려해주었다. 혜지가 남자의 설명을 듣고 겨우 기사 한 꼭지를 편집했다. 네모 칸에 예쁘게 들어간 글자들을 보며 혜지는 입사 후 처음으로 환한 미소를 얼굴에 걸었다.

"이제 안 막막하죠? 이제 자신 있게 막 해봐요. 그러다가 막막하면 저한테 막 물어봐요."

남자는 '막'에 일부러 힘을 주며 농담을 던졌다. 혜지가 남자의 농담에 큰 소리로 웃었다.

"이거 두고 갈게요. 목 탈 때 마셔요."

남자는 아까 들고 있던 캔 커피를 슬며시 혜지 옆에 두고 자리를 떴다.

이날 이후로도 남자는 혜지 옆에서 글을 보는 요령과 요약 방법 등 글에 관해서 해야 할 것과 하지 말아야 할 것들을 친절하게 알려주었다. 그렇게 그 남자는 혜지의 비공식 사수가 되어 3개월을 무사히 넘어가게 해주었다. 수습 기간이 끝나고 '기자 민혜지'라고 적힌 명함이 나왔다. 직함이 적힌 명함. 혜지는 명함을 받고 뛸 듯이 기뻤다. 밖에서 상장도 칭찬도 별로 받아본 적 없던 혜지에게 명함은 상장이자 칭찬이었다. 혜지가 명함을 받은 그날부터 남자와 혜지의 비공식 사수와 제자로서의 관계도 끝났다.

그렇게 사수와 제자의 관계는 끝났지만 둘의 만남은 계속되었다. 둘은 좋은 직장 동료로 친밀하게 지냈고, 밖에서도 허물없이 친구처럼 지냈다. 남자는 혜지와 다르게 붙임성이 좋고 아는 것도 많았으며, 무엇보다 같이 있으면 즐겁고 재미있는 사람이었다. 남자는 무료하고 무엇이든 흥미가 없던 혜지에게 재미있는 것들을 많이 알려주었다.

남자는 거리에서 하는 버스킹 공연, 허름한 술집 지하 소극장에서 열리는 연극, 이름 모를 화가의 낙서가 그려진 외진 골목의 주택가 등 평소에는 그냥 지나쳤을 곳들에 있는 소소한 즐거움들을 발견하게 해주었다. 혜지에게 남자와 같이하는 모든 것들은 새로웠다.

어느 날 남자는 혜지를 데리고 작은 바를 들렀다. 남자가 무언가를 주문하자, 바텐더는 혜지 앞으로 잔 하나를 건넸다. 잔에는 빙수 같은 작은 얼음 알갱이가 수북이 쌓여 있었다.

"마셔봐요. 이건 칵테일인데요. 어때요?"

혜지는 조심스럽게 잔을 들어 한 모금 넘겼다. 달고 쏘는 맛이 느껴졌다. 싫지 않았다. 혜지에게 술이란 회식 자리에서 편집부장이 억지로 따라 주던 맛없는 소주가 전부인 줄 알았었다. 그런데 이렇게 칵테일처럼 달콤한 술이 있는 줄은 몰랐었다.

술도 맛있다는 걸 알고 혜지는 종종 칵테일 바로 가자고 졸랐는데, 남자는 그때마다 괜한 걸 알려줬다며 투덜대면서도 그때마다 혜지와 같이 그 칵테일 바로 갔다. 바에서 남자는 혜지 앞의 빈 술

잔에 반 잔만 채우고는 "많이 마셔서 취하면 내가 무거운 혜지 씨 업고 가야 하니까 조금만 먹어요." 하고 농담을 하며 조금보다 더 잔을 채워주었다.

칵테일 바도 좋았지만, 혜지가 가장 좋아했던 곳은 따로 있었다. 그곳은 서점과 디저트 카페를 겸하는 '책과 수프'라는 이름의 북카페였다. 거기는 숲속의 오두막 같은 모습에 예스러운 분위기가 인상적인 곳이었다. 가게는 신문사와 가까워서 퇴근하고 들르기도 편했다. 책을 즐겨 읽지 않던 혜지에게 이곳은 버스킹 공연이나, 소극장처럼 있어도 있는지도 모르고 지나쳤던 곳이었다.

"여기서는 책도 읽을 수 있고, 디저트로 수프도 먹을 수 있어요. 분위기도 아늑하고 따뜻해요."

남자는 이곳을 혜지에게 설명하며 자신은 여기 단골이라고 했다. 남자는 책에 흥미가 없는 혜지에게 여러 가지 책들을 보여주었다. 그러다가 최근에 재미있게 읽은 책들이 있다면서 다양한 작가들의 여러 작품을 꺼내서 혜지에게 건넸다. 그리고 손가락 두 마디쯤 되는 꽃 그림이 그려진 책갈피를 혜지의 손에 쥐여주었다.

남자가 골라서 건네준 책들은 에세이부터 소설, 시까지 다양했다. 가게의 분위기는 너무나 마음에 들었지만, 책을 읽을 수 있을지는 선뜻 자신이 없었다. 그래도 남자가 일부러 책들을 골라 혜지에게 준 정성이 있었기에 혜지는 얇은 책부터 집어서 읽어보기 시작했다.

처음에 글은 하얀 백지에 늘어선 검은 숲만 같았다. 하지만 문장을 음미하며 읽어가자, 숲은 동산이 되고 어느새 친근한 공원이 되었다. 글들은 그렇게 서서히 형체를 갖춰 도화지 같은 하얀 마음의 백지에 색을 칠했다. 글이 그리는 색을 따라 읽어 내려가면 어느새 하얀 백지에 아름다운 풍경이 그려졌다.

에세이의 감성적인 글귀들을 보다 보면, 그 글귀들이 매일 같은 하루의 연속인 일상을 다르게 보는 느낌이 어떤지를 혜지에게 알려주는 듯했다. 그에 비해 시는 좀 어려웠다. 시의 언어는 아름다웠지만 감춰진 은유 뒤의 뜻을 헤아리는 게 쉽지 않았다. 하지만 소설은 시보다 더 가깝게 느껴지고 그 많은 글에도 불구하고 읽고 이해하는 것이 그렇게 어렵지 않았다. 소설은 다양한 사람들의 인생을 들여다보는 느낌이 있어 좋았다. 넷플릭스로 미국이나 일본 등 외국 드라마를 즐겨 봐서 그런지, 외국이 배경으로 나오는 소설이 혜지의 취향에 맞았다. 몇 권을 읽다 보니 좋아하는 작가들이 추려졌다. 혜지는 작가들의 이름을 잊어버리지 않으려고 다이어리에 적었다. 에릭 시걸, 알랭드 보통, 기욤 뮈소 등의 이름이 혜지의 다이어리에 적혔다.

혜지가 이렇게 책에 흥미를 붙이는 데는 다소 노력이 필요했지만, 수프에 흥미를 느끼는 데에는 노력이 필요 없었다. 혜지는 메뉴판의 수프 사진들을 보자마자 이 음식과 사랑에 빠질 거라는 것을 의심하지 않았다. 수프들은 프랑스로 유학을 하러 간 언니가 가끔 보내주는 사진들 속에서 보던 음식들을 연상시켰다.

다양한 수프가 혜지의 눈을 즐겁게 했다. 이 중에서 혜지가 가장 좋아한 수프는 수프 알로뇽이었다. 수프는 초콜릿 색 육수에 빵 한 조각이 섬처럼 솟아 있고, 눈처럼 흩뿌려진 치즈가 빵 위로 내려와 앉아 있었다. 알로뇽은 언니가 보내준 사진 속 어느 요리와 무척 흡사했다. 빵 대신 감자가 들어가 있거나 육수 색이 조금 더 밝다든가 하는 등의 차이는 있었지만, 노란 눈이 내려앉은 섬과 같은 모습은 언니의 요리와 무척 닮아 있었다.

혜지는 프랑스로 가서 언니와 함께 세느강을 거니는 상상을 하며 수프를 먹었다. 양파의 단맛은 빵과 치즈와 어우러져 입을 즐겁게 했다. 따뜻한 수프가 목 뒤로 넘어가자 온기가 몸을 감싸며 퍼졌다. 편안한 기분이 몸 전체로 느껴졌다. 이 순간 수프의 온기와 함께 고민도 외로움도 사라졌다. 찰나의 편안함은 이대로 끝나지 않고 긴 여운을 남겼다. 혜지는 편안한 여운을 느끼며 자연스럽게 수프를 만든 가게 주인을 떠올렸다. 주인은 수프처럼 편안한 인상의 여자였고, 나이는 언니 나이대로 보였다. 언제는 웃는 얼굴인 주인은 쾌활하고 사교성 좋아 보이는 모습이 꼭 언니를 보는 듯했다. 그런데 그런 쾌활함 속에 언뜻 슬픈 기색이 보이기도 했는데, 그런 모습마저 언니하고 닮아 보였다.

혜지가 신문사에 입사한 지 일 년 반이 지나가고 있었다. 이제는 혜지 밑으로 새로 들어온 신입 기자들도 있었고, 혜지는 어느새 선배가 되어 신입 기자들을 가르치는 위치가 되었다. 처음 입사해서 허둥대고 서툴던 모습은 이제 없었다. 그렇게 혜지는 변했다. 하지만 변하지 않은 것도 있었다. 혜지와 비공식 사수였던 남자와의 사이는 여전히 돈독했다. 회사 동료들은 둘이 너무 친하다고 적당히 붙어 있으라고 하며 짓궂은 농담을 하고 가고는 했다. 다른 사람들이 보기에는 둘의 사이는 그랬지만, 혜지는 요즘 남자가 부쩍 멀게 느껴졌다. 남자의 말수는 눈에 띄게 줄어들었다. 전처럼 실없는 농담도 입에 잘 올리지 않았다. 무슨 문제가 있는지 물어봐도 좀처럼 속 시원하게 대답해 주지 않았다. 아무 문제가 없다고, 걱정하지 말라는 말만 할 뿐이었다.

뙤약볕이 뜨거운 어느 여름이었다. 오후를 넘어 저녁이었지만 여전히 더운 어느 날이었다. 둘은 퇴근 후에 자주 들르던 북카페 '책과 수프'에 있었다. 남자는 전과 다르게 진지한 분위기였고 혜지는 그게 무엇을 의미하는 짐작도 못 하고 있었다.

혜지는 늘 먹던 수프 알로뇽을 먹고 있었고, 남자는 팬케이크와 토마토수프를 먹고 있었다.

"혜지 씨, 저 회사 곧 그만둡니다."

남자가 무겁게 말을 꺼냈다. 혜지는 남자의 믿을 수 없는 말에 놀라서 먹던 숟가락을 내려놓았다.

"이번 주에 그만둬요. 더 일찍 말했어야 했는데 언젠가 말해야지 하다가 시기를 놓쳤어요. 미안해요."

"다른 신문사로 가시는 거죠? 경호 씨, 그동안 멀리는 안 가셨잖아요."

"아니요. 멀리 가요. 기자는 박봉이라 걱정이 있었어요. 지금 다시 언론고시를 준비하기는 늦었고 무얼 해야 할지 고민이 많았어요. 아는 분 소개로 조선소로 가기로 했어요. 몇 년 일하면 오천 정도는 벌 수 있대요. 몇 년은 바쁠 거예요."

"전화 자주 해요. 아무리 멀어도 전화할 수 있잖아요. 그렇죠?"

혜지의 목소리가 떨렸다. 남자의 눈은 흔들리고 있었다. 혜지는 남자의 흔들리는 눈에서 불안과 고뇌를 읽었다.

"미안해요. 혜지 씨."

"뭐가 미안해요. 우리…. 아무 사이도 아니잖아요."

혜지는 냉정한 척 말했지만 목소리는 여전히 떨리고 있었다.

"이건 선물이에요. 혜지 씨 드라마 좋아하잖아요. 「1 리터의 눈물」이었나 혜지 씨가 감명 깊게 봤다던 일본 드라마요. 그 드라마가 생각나는 소설이에요."

남자는 가방에서 책 한 권을 꺼내어 혜지에게 주었다. 에릭 시걸의 『러브스토리』였다. 이 소설은 요즘 여기서 혜지가 한창 즐겨 읽던 소설이었다. 사서 보고 싶은 마음도 들었지만, 열람용 띠지가 붙여진 이 책 한 권만 남아 있어서, 여기 올 때마다 아껴서 읽고 있었다. 남자는 혜지가 이 책을 즐겨 읽고 있다는 걸 알고 있었다.

"이 책, 혜지 씨가 보던 소설이죠? 여기서도 없는 책이라서 구하기 어려웠어요."

책은 헌책이라고 믿기 어려울 정도로 깨끗했다. 하지만 혜지는 심란한 마음에 책을 쉽사리 받아 갈 수 없었다.

"나중에요. 나중에 가져갈게요."

혜지는 조심스럽게 책을 슬며시 남자 쪽으로 밀었다. 남자는 그런 혜지를 보고 무언가 말하려고 하다가 그만두었다. 말을 삼킨 남자는 말없이 책을 다시 가방에 넣었다. 혜지는 책에 눈길을 줄 수가 없었다. 한동안 잊고 있었던 혼자라는 감각이 살아나 몸을 저리게 했다. 혜지는 눈시울이 붉어졌다. 그래서 책을 볼 수 없었다.

남자가 회사를 나간 후에도 혜지의 일상은 겉보기에 그대로였다. 여전히 혜지는 신문사 편집부 기자였고, 하는 일도 늘 하던 칸 속에 글자 밀어 넣기였다. 다시 잊고 있었던 재미없고 무료한 일상으로 돌아왔다. 한동안 혜지는 신문사 일 외에는 아무것도 하지 않았다. 일이 끝나면 곧장 집에 틀어박혀 쥐 죽은 듯이 지냈다. 전에는 미처 몰랐던 남자가 알려준 재미있는 것들도 더는 재미가 없었다. 혼자서는 아무것도 무엇을 해도 즐겁지 않았다. 그렇게 또 한 해가 흘렀다. 눈발이 날리는 한겨울. 혜지가 회사 퇴근 후에 버스를 타고 집으로 향하는 길에, 창밖으로 북카페 '책과 수프'가 있는 골목길이 보였다. 골목길만 봐도 숲속의 집 같은 그 가게가 눈에 선했다.

프랑스로 가서 언제 돌아올지 막연한 언니가 생각나서일까, 아니면 조선소로 가버린 다정했던 남자가 생각나서일까. 혜지는 버스가 북카페 '책과 수프'가 있는 골목길을 지나 다음 정거장에 서자 곧바로 내렸다.

혜지는 익숙한 골목길로 들어와서 오두막 같은 가게의 문을 열었다. '딸랑' 종소리와 함께 문이 열리자, 환한 웃음으로 언니를 닮은 여자가 혜지를 반겨주었다. 혜지는 늘 먹었던 수프 알로뇽을 주문했다. 여자는 "수프는 가게에서 먹는 게 제일 맛있어요. 안 바쁘시면 먹고 가세요."라고 먹고 가기를 권했다. 하지만 혜지는 혼자서 그 수프를 먹을 수 없었다. 혼자라는 감각이 싫었기에. 그렇지만 여자의 환한 웃음으로 마음이 따뜻해지는 것을 느꼈다. 혜지는 다음에도 이 가게에 자주 올 것 같은 느낌이 들었다.

가게 밖으로 걸음을 옮긴 혜지는 다음에 오면 남자가 선물했었지만 차마 가져가지 못했던 그 소설을 찾아서 볼 거라고 다짐했다.

아직 겨울의 추위가 가시지 않은 봄날의 어느 늦은 밤. 집에서 혜지는 『러브스토리』를 읽고 있었다. 그리고 그 책에는 남자가 혜지에게 준 꽃이 그려진 책갈피가 있었다. 책을 읽으며 넘긴 페이지가 백 페이지 넘어갈 즈음 알람 외에는 울리지 않던 혜지의 전화가 울렸다. 핸드폰을 열어보니 발신자에 최경호 기자님이라고 떠 있었다. 혜지는 떨리는 손으로 전화를 받았다. 전화기 너머 남자의 목소리가 들렸다.

"혜지 씨, 오랜만이에요. 잘 지내시죠?"

반갑고 설레는 마음에 혜지의 눈시울이 붉어졌다.

도망자의 안식처

1

친구로 보이는 여자 두 명이 손가락으로 브이를 그리면서 서로 웃고 있었다. 선영은 폴라로이드 카메라를 꺼내 두 사람에게 포즈를 잡아달라는 말을 하면서 즉석에서 사진을 찍었다. 현상되어 나온 사진들을 보고 두 여자는 재미있다는 듯 웃으며 사진을 구경했다. 폴라로이드 카메라로 즉석 사진 찍기 이벤트는 '책과 수프'에서 인기 있는 이벤트 중 하나였다.

가게는 골동품 가게에서나 볼 법한 오래된 타자기나, 전등, 라디오 등으로 장식되어 있었다. 아날로그 감성이 물씬 풍기는 고풍스러운 멋이 있었다. 이런 감성을 좋아하는 사람들이 가게를 방문해서 사진으로 남겼다.

선영은 핸드폰으로 남겨지는 가게의 모습이 어딘가 부족해 보여

아쉬웠다. 핸드폰 사진 속 가게의 모습들은 디지털 이미지로 온라인 공간에만 머물렀다. 선영은 사진을 실물로 볼 수 있고 옛것의 느낌도 나는 사진기가 있었으면 했다. 그래서 찾은 물건이 폴라로이드 사진이었다. 즉석에서 나오는 사진에는 핸드폰에서 디지털 이미지로만 볼 때하고 다른 감각이 있었다. 사진의 질감도 다르고, 무엇보다 실물로 사진을 만지는 데서 오는 생생한 느낌이 상당했다. 선영은 폴라로이드 사진을 찍는 이벤트를 가게에 열었다. 선영은 디지털 이미지가 아니라 아날로그 느낌 그대로의 모습을 손님들에게 주고 싶었다. 이벤트는 성공적이었다. 사람들은 핸드폰을 내려놓고 선영에게 폴라로이드 사진을 부탁했다. 폴라로이드 사진을 찍으려고 일부러 가게를 방문하는 손님들도 있었다.

친구들끼리 온 여고생들이 선영의 "포즈 잡으세요."라는 말에 잔뜩 포즈를 취하며 사진을 찍었다. 그걸 본 남녀커플이 셀카를 찍던 핸드폰을 내려두고 선영을 불러 폴라로이드 사진을 찍었다. 폴라로이드 사진은 분명히 핸드폰 사진과는 다른 매력이 있었다. 그렇게 선영이 여러 사람에게 사진을 찍어주고 있는데 어떤 남자가 멀리서 어색하게 한쪽 팔을 들어 선영을 불렀다.

선영은 수년에 걸친 가게 주인으로서의 경력으로 이제는 손님의 눈빛만 봐도 무엇을 원하는지 알 수 있다고 자신했다. 어색하게 팔을 든 남자를 보니 테이블에는 먹고 있는 수프가 보이고 옆에는 컵과 빈 물통이 보였다. '물이 필요하신 손님이겠지.' 선영은 폴라로이드 카메라를 카운터 앞에 두고 물통을 들고 그 손님에게 갔다.

"손님, 뭘 도와드릴까요?"

선영이 한 손에 물통을 들고 웃는 얼굴로 손님에게 말을 걸었다. 하지만 손님의 뜻밖에도 물이 아니라 다른 일을 부탁했다.

"저기, 저도 저 사진 찍을 수 있을까요?"

"네? 폴라로이드 사진이요?"

"네."

남자는 쑥스러워하며 어색하게 입을 열었다. 아마도 혼자 사진 찍는 사람이 없어서 쑥스러워하는 것 같았다. 선영은 남자의 어색함을 이해한다는 얼굴로 한껏 부드러운 목소리로 대답했다.

"그럼요. 물론이죠."

그리고 선영은 곧 돌아서서 민망함을 애써 숨긴 채 물통을 들고 카운터에 놓은 폴라로이드 카메라를 가지러 갔다.

'찰칵'

"사진 여기 있습니다."

검은 뿔테 안경에 말쑥하게 생긴 남자가 선영이 찍어준 폴라로이드 사진을 받아 들었다. 사진을 받은 남자는 생각에 잠시 잠긴 듯 사진을 보더니, 품속에 넣었다. 그리고 남자는 테이블 위에 핸드폰을 보면서 수프를 먹었다.

선영은 이 남자가 누군지 생각났다. 그는 근래에 혼자 가게에 들르던 손님이었다. 혼자 가게에서 수프를 먹고 책을 보는 손님들은 더러 있었지만, 혼자서 폴라로이드 사진을 찍어달라고 하는 손님은 이 남자가 처음이었다. '뭘 기념하는 걸까. 아니면 혼자라도 추억을 남기기 위해서일까.' 선영은 남자의 행동에 의미가 무엇인지 궁금했다. 남자의 행동 때문인지 이후로 가게에서 남자가 혼자 수프를 먹거나 책을 보면 눈길이 갔다. 선영은 남자가 무슨 일을 하는 사람인지 탐정처럼 추리했다. 남자는 검은 뿔테 안경에 단정하지만 별다르게 꾸미지 않은 헤어스타일에 회사원을 연상하게 하는 외모를 가졌다. 그렇지만 넥타이는 매고 있지 않았다. 그리고 남자는 하얀 재킷에 검은색 티셔츠, 청바지의 편한 옷차림을 즐기는 듯했다. 남자는 이 복장에서 별로 바뀌지 않았다. 옷차림을 보면 회사원으로 보기는 어려울 것이다. 그렇지만 대학생의 느낌도 들지 않았다. 가게에 오는 시간도 불규칙하다. 어쩌면 과외 강사나 학원 강사가 아닐까 하는 생각도 들었다. 그때 누군가의 말소리가 선영의 상념을 끊었다.

"어머, 이 책이 있네요.『에드바르드 뭉크』."

선영이 소리가 나는 쪽으로 돌아보니, 몇 뼘 거리에서 명랑해 보이는 인상의 여자가 진열대에서 책 한 권을 꺼내어 흔들어 보이고 있었다. 가게 단골 세정이었다.

"그 책 이번에 들여온 책이에요. 저번에 세정 씨가 찾으시던 책이죠?"

선영은 명랑해 보이는 인상의 여자를 반가운 얼굴로 맞았다. 여자 손님의 이름은 박세정, 논술 과외 강사로 자주 오는 손님 중 한 명이었다. 여기에는 세정의 동네 친구들이 많았는데 지금도 세정은 서너 명의 친구들과 함께 가게에 들른 참이었다.

"제가 보고 싶다고 했었는데, 안 잊고 찾아주셨군요. 고마워서 어쩌죠?"

"세정 씨가 찾는다고 해서 더 열심히 찾았죠."

선영은 세정이 넘긴 카드를 카드리더기에 긁었다. 세정은 선영에게 건네받은 책을 찬찬히 넘겨보며 구경했다.

세정이 찾고 있던 책은 2000년대 초반에 나온 화가 뭉크의 평전으로 중고 매장에서도 매물이 적게 나오는 희귀품이 되어가는 책이었다. 이 책은 뭉크와 동시대에 살았던 친구이자 후원자였던 이십 대 건축가 롤프 스테네센이 직접 쓴 뭉크의 이야기가 실린 소설책이었다. 비평서는 많지만 이런 그 당시에 뭉크를 직접 옆에서 지켜본 친구가 쓴 뭉크의 이야기라는 점에서 희소성이 있었다.

"저번에 했던 '삶을 비추는 그림' 독서 모임 이후에 뭉크가 궁금해지던 참이었어요. 그런데 이 책을 못 구해서 애가 탔거든요."

세정은 잃어버렸던 애장품을 찾은 듯한 얼굴로 책을 보며 말했다. 그녀는 '책과 수프' 독서 모임에서 리더 역할을 맡고 있었다. 세정은 문예창작과를 나와서 출판사에 근무하다가 결혼과 함께 경력이 단절되었다. 이후에 논술 과외 교실을 열었다. 하지만 생계의 방편으로 보는 책들을 보고 있으니 마음이 메말라 가는 듯했다. 대학

입시에 좋은 책들을 고르면서 책들이 무엇을 위한 도구로 치부되는 느낌에 불편했다. 그렇게 하지 않으려고 글의 진짜 의미에 대해 알려주지만, 세정의 마음이 잘 전달되고 있는지는 자신이 없었다. 세정 스스로 책과 멀어지고 있었으니 아이들한테도 미안했다. 그러던 중에 순수하게 책을 좋아하던 때로 돌아가게 도와준 곳이 '책과 수프'의 독서 모임이었다.

세정은 회사에서나 지금 강사로서나 모임을 주도하는 역할에 익숙하다 보니 여기 모임에 리더 같은 역할을 자주 맡았다. 선영은 세정이 자신보다 모임의 리더에 더 어울린다고 생각했다. 그래서 선영은 세정이 독서 모임에서 주최자 역할을 할만하다는 생각이 들자 그 역할을 넘겨주었다. 이렇게 해서 독서 모임 기획은 선영이 주로 하고 모임을 이끄는 건 세정이 전적으로 담당하는 것으로 역할이 분담되었다.

"저번에 만화 그리시는 선영 씨도 참석하셨으면 좀 더 재미있는 모임이 되었을 텐데 아쉬워요. 다음에는 참석하실 거죠?"

세정은 꼭 보고 싶다는 눈으로 선영에게 재촉하듯 말했다.

"그럼요. 다음에는 꼭 갈게요."

선영은 다음에는 빠지지 않겠다고 약속하듯 꼭이라는 부분을 강조했다. 저번 독서 모임에 선영이 빠진 데는 이유가 있었다. 선영은 청계천 헌책방 골목의 책방 한 곳이 영업을 그만두는 관계로 책을 처분한다는 소식을 들었다. 그곳은 선영도 한 번씩 들르던 곳이었다. 그런데 그 연락을 늦게 받은 게 문제였다. 더 늦게 가면 그 책방에 있던 책을 보지 못할 것 같은 조바심이 생겼다. 그래서 선영은 다른 일정을 제쳐 두고 그 책방으로 갔다. 그런 바람에 독서 모임에 참석할 수 없었다. 독서 모임을 연기할까도 생각했지만, 몇 번의 시도 끝에 모임을 개최할 인원이 이제 막 모인 까닭에 연기도 어려웠다. 세 명은 모여야 모임을 개최한다는 규칙 때문에 선영이 마음이 들어 하는 테마로 모임을 열어도 쉽사리 인원이 모이지 않아 개최되지 않는 때도 더러 있었다.

선영이 기획하고 관심이 있던 테마였는데, 자신은 참석하지 못했던 게 아쉬웠다.『화인 열전』으로 환쟁이라 불리던 조선 시대 화가들의 삶과 그림을 보고,『반 고흐 영혼의 편지』와『달과 6펜스』로 고흐와 고갱의 삶, 그리고 그들의 그림에 관한 이야기를 해보려던 기획이었다. 미술사에 대한 흥미가 있어서 화가들의 책을 수집했던 선영이었기에 더 아쉬웠다. 세정은 친구들 몫까지 수프를 주문하고 갔다. 선영은 세정이 주문한 수프를 요리하러 부엌으로 가는 중에 곁눈으로 가게 안을 보았다. 뿔테 안경의 말쑥하고 하얀 남자는 어느새 사라지고 없었다. 그는 그가 산 책을 보고 있기에 좀 더 오래 있을 거라고 짐작했었는데 짐작이 틀렸던 것 같다.

늦은 오후, 가게는 손님이 없어 한산했다. 선영은 일찍 찾아온 허기를 쿠키 몇 조각으로 달래며 책을 보고 있었다. 선영이 읽고 있는 책은 애거사 크리스티 작가의 『그리고 아무도 없었다』였다. 이 책은 의문의 쪽지를 받고 무인도로 초대받은 사람들이 한 명씩 죽어 가는 미스터리 추리 소설이었다. 선영은 지금 소설의 마지막 장을 넘겨보고 있었다. 하나둘 죽어 나가는 사람들, 끝내 범인은 밝혀지지 않은 채 마지막 남은 여자마저 죽고 마침내 섬에는 아무도 없게 되었다. 선영은 범인의 정체는 밝혀지지 않은 채로 다시 아무도 없는 무인도가 된 스산한 섬을 떠올렸다. 한창 상상의 나래를 펴며 무인도를 떠올리고 있을 그때, 손님이 들어왔다. 선영은 손님의 얼굴을 보고 바로 누군지 알아볼 수 있었다. 검은 뿔테 안경의 말쑥하고 하얀 얼굴의 남자. 혼자 폴라로이드 사진을 찍어서 갔던 그 남자 손님이었다. 남자는 짧은 눈인사로 선영과 눈을 마주치고 아무도 없어 어색한 기운이 도는 가게 안을 가로질러 책이 진열된 진열대로 가서 섰다. 남자는 진열대에서 책 몇 권을 꺼냈다. 열람용으로 가게 안에서만 볼 수 있게 놓아둔 책들을 꺼내든 걸로 봐서 오늘은 가게에 오래 머물 생각인 것 같았다.

　선영은 남자의 얼굴을 다시 보았다. 다시 보니 말쑥하고 하얀 얼굴에는 어디인가 피로와 고단함이 엿보였다. '학생들 가르치는 일이 힘든 걸까.' 선영은 남자가 강사라면 아이들이 학업 스트레스를 받듯이 그 스트레스를 같이 공유하고 있는 게 아닐까 하고 생각했다.

　"방에만 있다가 여기 오니 좋네요."

　남자가 고개를 돌려 선영에게 말했다. 그는 쓸쓸함과 안도감이 뒤섞인 복잡한 얼굴이었다. 선영은 남자의 말에서 오래 묵은 고독을 느꼈다. '아이들 가르치는 강사는 아닌가 보다.' 왠지 고시를 앞두고 있거나 취업을 준비하는 사람이 아닐까 하는 생각이 선영의 머리에 스쳤다. 선영은 남자의 처지를 짐작한 나름의 배려 섞인 말을 골랐다.

"재택근무 하시는가 봐요?"

부드러운 얼굴로 미소와 함께 선영이 남자에게 물었다. 남자는 선영의 배려를 느꼈는지 아니면 재택근무라는 말이 좋았는지 밝은 얼굴로 고개를 끄덕였다. 선영이 남자가 들고 있는 책들을 보니, 모험 카테고리에 있는 판타지 소설들이었다.

"이 책은 어때요?"

선영은 진열대에서 남자가 고르지 않아 남아 있는 책 중에서 한 권을 꺼내 들어 남자에게 보여주었다.

"고독한 늑대 같은 남자가 홀로 세계를 방랑하면서 괴물들을 처치하는 이야기에요."

"『위쳐』군요."

남자가 흥미로운 눈으로 선영이 건네준 책을 훑어봤다. 마음에 드는 눈치였다.

"1권은 열람용으로 놔뒀어요. 그 책, 가게에서 읽어보고 가셔도 돼요."

선영이 책에 열중하고 있는 남자를 보고 웃으며 말했다. 남자는 꾸벅 고개를 끄덕이고 수프를 주문한 뒤에 책을 들고 자리로 갔다. 뒤로 손님 몇 팀이 왔다 갈 동안 구석진 자리에서 남자는 선영이 추천해 준 책을 읽었다.

그는 일주일에 두세 번 간격으로 가게를 들렀다. 선영이 추천해 준 책이 마음에 들었는지 후속편이 실린 다른 책들도 사서 갔다. 선영은 남자와 단골로 얼마간의 친분이 생겨 남자의 사적인 정보 몇 가지를 들었다. 남자의 이름은 김동욱이고, 게임 개발자로 게임을 만들고 있다고 했다.

남자가 자신이 하는 일이 게임 만드는 일이라고 하자 선영은 짐짓 놀랄 수밖에 없었다.

"정말 게임 만드는 분이세요?"

선영은 놀라서 되물었다. 동욱의 말이 믿기지 않았다. 동욱의 직업을 여러 가지로 추측했지만, 게임 개발자는 예상 밖이었다.

"네, 그렇게 안 보여서요?"

"게임은 책하고 거리가 멀잖아요. 그래서 설마 게임 만드는 분이라고는 짐작도 못 했어요."

선영은 말하는 중에서도 책을 읽는 게임 개발자가 선뜻 머릿속으로 그려지지 않았다.

"생각보다 거리가 멀지는 않나 봐요."

동욱은 어깨를 으쓱해 보였다.

"제가 동욱 씨 하는 일은 짐작 못 했어도 책 추천은 성공한 것 같은데요?"

선영은 그가 들고 있는 책을 보며 웃으며 말했다.

"재밌어요. 이 책."

동욱의 얼굴을 보니 분명 책이 마음에 드는 표정이었다. 선영은 굳이 책의 소감은 어떤지 등은 물어보지 않았다. 표정을 보면 알 수 있으므로. 만족스러워하는 동욱을 보니, 선영도 기뻤다. 선영은 책방지기로서 소임을 잘 해낸 것 같아 흐뭇했다.

어느 저녁 시간이었다. 가게에는 수프를 먹는 사람들, 책을 보는 사람들로 북적였다. 혼자서 운영하는 가게였기에 요리에 서빙하고, 책 계산까지 한꺼번에 할 일이 쏟아지면 선영은 정신이 없었다. 선영은 많은 손님을 신경 쓰느라 바쁘게 움직이고 있었다. 가끔 정아가 가게에 와서 도와줄 때면 서빙과 책 계산 정도는 손을 덜 수 있어서 한시름 놓을 수 있었다. 그런데 이날은 아니었다. 시간이 얼마나 지났을까, 밀물처럼 들어오던 손님들이 한두 명씩 빠져나가고 가게가 한적해질 때였다. 선영이 가게를 둘러보며 한숨을 돌렸다. 여유를 느끼던 선영의 시야에 누군가 들어왔다. 가게 한구석에는 아직 가게에 남아 있는 손님이 한 명 있었다. 손님은 책 진열대에서 우두커니 서 있었다. 그 손님은 동욱이었다. 언제부터 있었는지 모르겠지만 서 있는 자세가 볼 책을 찾지 못해 좀 오래 서성이는 모습이었다.

"찾고 싶은 책이 있으세요?"

선영이 동욱에게 다가가 도움의 손길을 내밀었다. 동욱은 선영의 등장이 반가웠는지 환한 얼굴로 선영을 보며 눈인사를 했다.

"아니요, 특별히는 없어요. 그냥 이렇게 보던 중이었어요."

"게임 개발은 잘 돼가세요?"

"잘 안되네요. 매일 구상만 해요."

"혼자 하시니 힘드시겠어요."

선영이 동욱의 마음을 아는 듯이 말했다. 게임 개발에 대해서는 잘 모르지만, 방에 혼자서 컴퓨터로 작업한다는 말에 선영은 동질감 같은 걸 느꼈다. 예전에 한창 만화를 그릴 때 선영도 그랬다. 혼자서 종이 위에 펜을 들고 고독한 싸움을 했었다. 네모진 종이 위에 그림을 그리는 일과 네모진 모니터를 보고 키보드를 두드리는 일은 비슷한 연관성이 있지 않을까. 선영은 그런 생각이 들었다.

"고마워요."

말에 힘이 없다. 약간은 무신경한 그의 말투에서 허무함이 전해져왔다. '아무래도 남의 일이지만 신경을 써줘서 고맙다고 하는 거겠지.' 선영은 섣부른 위로가 아님을 말해줘야 할 필요를 느꼈다.

"창작은 자신과 하는 고독한 싸움이죠. 저도 해봐서 알거든요."

선영은 진열대 한 곳에 꽂힌 만화책 한 권을 손에 들어서 동욱에게 보여주었다. 그리고 손가락으로 작가 이름에 줄을 긋듯이 가리켰다. 만화책 한 귀퉁이에는 글·그림 오선영이라고 쓰여 있었다.

"만화 작가셨어요?"

동욱의 동그래진 눈을 보니, 믿기지 않는다는 눈치다. 선영이 동욱이 게임 개발자인 것을 알고 놀랐듯, 동욱도 선영이 만화 작가였다는 사실을 알고 놀라고 있었다. 동욱의 눈에는 만화가가 북카페 주인이라는 것이 이상한 조합처럼 여겨졌다. 그는 만화가라면 만화방이나 만화카페가 더 어울리지 않을까 싶었다.

"여기 커피는 없지만 차는 있어요. 한 잔 드릴까요?"

선영이 만화책을 도로 책장 진열대에 꽂으며 동욱을 보며 말했다. 동욱은 말없이 엷은 미소로 고개를 끄덕였다.

해가 기우는 저녁을 한참 넘겨 초저녁의 어두움이 드리울 때였다. 북카페 영업시간도 끝으로 가고 있었다. 가게에 손님들은 없었고 선영과 동욱 두 사람만 있었다. 차와 함께 좀 더 속 깊은 이야기들이 두 사람 사이에 오고 갔다.

"컴퓨터공학과 나와서 몇 군데 게임 회사를 전전했어요. 그런데 일이 너무 힘들었어요. 지금은 혼자서 게임 만들겠다고 애쓰고 있는데, 언제인가부터는 저를 돌아보니 아무것도 안 하고 있더라고요. 정말 게임을 만들고 싶은 건지, 그걸 핑계로 도망만 치고 있는 건지."

동욱은 식은 캐모마일 차를 마시며 목을 축였다. 그의 눈에서 피로와 고단함이 읽혔다. 선영은 말없이 그의 말을 들어주었다.

"과자로 이런 집을 만든다고 상상해 보세요. 근사하지 않아요?"

동욱은 손가락으로 가게의 주변을 가리키며 말했다.

"과자로 집을 만든다니 만화 같다고 해야 하나, 동화 같기도 하고 그렇군요."

선영은 과자로 만든 '책과 수프'를 떠올렸다.

"그림이나 글로 쓰면 그런데, 마우스나 키보드로 캐릭터를 움직여서 집을 짓게 하면 게임이죠."

동욱은 과자로 집을 짓고 건물을 올리는 걸 이미지화하듯 갖가지 과자들을 예로 들며 설명했다. 선영은 게임을 잘 하지 않지만, 동욱의 말대로 과자로 집을 지으면 어떨지 상상했다. 상상에서 선영은 비스킷을 벽돌처럼 붙여서 지붕을 만들고 빼빼로 같은 막대 과자로 기둥을 세우고 팝콘을 뭉쳐서 창문에 붙여 장식했다. 가상이지만 직접 그렇게 할 수 있다고 하면 무척 재미있을 것 같은 기분이 들었다.

"재미있어요. 그런 게임이 있다면 저라도 하고 싶은데요?"

선영은 그냥 하는 말이 아니라는 듯 분명한 어조로 말했다.

"지브리나 디즈니 애니메이션 같은 게임을 만들고 싶어요."

동욱의 눈에는 아직 식지 않은 열정이 언뜻 보였지만 목소리는 낮고 슬픔이 묻어나 있었다.

"그런 작품 곧 만들 수 있을 거예요."

선영은 따뜻한 눈으로 말을 건넸다.

"여기 수프가 맛있어요. 그래서 자주 오게 되는가 봐요."

동욱은 선영의 말에 따스한 온기를 느꼈다. 그녀의 말에서 처음 수프를 먹었을 때처럼 따스한 기운이 몸을 감싸는 느낌이 전해져 왔다.

둘의 대화는 가게 영업이 끝나는 시간을 훨쩍 넘어서 끝났다. 동욱은 다음에 또 들르겠다는 말과 함께 가게를 떠났다. 선영은 차를 마시며 테이블 위에 있는 메뉴판을 열었다. 거기에는 남자가 먹었던 혹은 아직 먹지 않았던 수프들이 사진과 함께 진열대의 책들처럼 차례대로 자리를 차지하고 있었다.

선영은 가게를 정리하고 문을 닫고 나가기 전에 인생 카테고리에서 책을 한 권 골랐다. 책은 다음에 동욱이 오면 선물로 건네줄 생각이었다. 선영은 이 가게와 책들이 동욱에게 안식처가 되었으면 했다.

2

"12시에 서버 열어야 하는데 뭣들 하는 거야. 아직 버그 못 잡았어?"

삐쩍 마르고 은빛 안경에 매서워 보이는 눈매의 남자가 다그하게 다그쳤다. 따닥 따닥 따닥. 키보드 소리가 총소리처럼 여기저기 울리고 적막한 분위기가 사무실을 압도하고 있었다. 사람들은 넋이 나간 좀비 같은 얼굴들로 손가락만 바쁘게 움직이고 있었다. 따닥 따닥 따닥 딱. 사내 하나가 낙지 다리처럼 움직이던 손가락이 경직된 채 굳더니 도끼에 베어진 나무가 쓰러지듯 몸이 기울더니 쿵 하고 쓰러졌다.

"야, 야, 뭐야. 누가 움직이래. 화장실 가는 시간도 아깝다고 내가 그랬어, 안 그랬어."

삐쩍 마른 남자는 누가 쓰러지든 말든 상관이 없다는 듯이 사납게 다그쳤다. 그 기세에 눌려 모두 쓰러진 남자한테는 아무도 눈길조차 주지 않은 채 아무 일 없다는 듯이 모두 손가락으로 키보드만 눌렀다.

"잠깐만요, 모두 미친 거예요? 사람이 쓰러졌어요. 쓰러졌다고요!"

쓰러진 남자 뒤쪽에서 누군가 일어나서 소리쳤다. 그제야 몇몇이 상황을 확인하려는 듯 웅성웅성하며 몸을 움직였다.

"너 인마 누구야? 누가 산만하게 구는 거야."

삐쩍 마른 남자가 소리쳤다. 남자는 바인더 서류철을 바닥에 내동댕이쳤다. 서류철이 바닥에 떨어져 바닥에 부딪혔다.

"탁!"

동욱은 '탁' 하는 소리에 눈을 떴다. 눈을 뜨니 방이었다. 악몽이었다. 밤이고 주위는 조용했다. 그는 가끔 회사에서 야근으로 고된 노동에 힘들었던 때가 꿈으로 나오고는 했다. 팀장은 꿈속과 달리 부드러운 말투였다. 그의 말은 부드러웠지만, 말의 내용은 서늘하고 매서웠다. 그는 팀원들을 한계까지 밀어붙이는 타입이었고 결국 팀원 중 한 명이 한계에 부딪혀 쓰러지고야 말았다. 동욱은 다음에 쓰러질 사람은 곧 자신이 될 것이라는 공포가 엄습했다. 그는 살기 위해 회사를 나왔다. 이미 예전 회사에서 철야 끝에 쓰러진 경험이 있던 동욱이었다. 그는 살기 위해 회사를 나왔다.

재능은 때로는 저주가 된다. 동욱은 그 사실을 스물아홉 해가 돼서야 깨달았다. 동욱이 컴퓨터 게임을 처음 접한 건, 또래 아이들과 비슷한 학교라는 곳에 들어갈 때부터였다. 밖에서 공을 차고 뛰어노는 것보다 자신이 게임패드를 잡고 조종하는 선수가 공을 차며 필드를 누비는 걸 더 좋아했다. 부모님은 혼자인 동욱을 돌보기에는 밖의 일이 더 바빠서 제대로 놀아주지 못했다. 그런 동욱에게 제일 좋은 친구는 게임이었다. 학교를 마치고 집에 오면 항상 집을 비우신 부모님이 남겨 놓은 쪽지가 있었다. 거기에는 동욱이 먹어야 할 먹을거리, 반찬 등이 적혀 있었다. 혼자서 밥을 먹고 방에 들어가 게임기를 켜고 모니터 화면으로 들어가는 게 동욱의 일과였다.

동욱은 또래 친구들과 달랐다. 그는 게임을 보면 직접 해보는 것 이상으로 어떻게 만들었을지 상상해 보는 걸 좋아했다. 친구들이 영어 단어와 수학 공식으로 노트를 빼곡하게 매울 때, 그는 갖가지 다양한 게임 기획과 분석으로 노트를 빼곡하게 메웠다. 동욱은 자신의 게임 노트를 상상 노트라고 이름 붙였다.

동욱이 구상한 게임들은 하나같이 모두 기발하고 재치가 있었다. 동욱은 구상한 게임을 노트에다가 모두 기록했다. 그림도 곧잘 그렸던 동욱은 상상한 게임들을 상상 노트에 그려 아이들에게 보여줬다. 아이들은 동욱이 그린 게임들을 보려고 동욱의 집으로 종종 놀러 왔다. 늘 컴퓨터하고만 친구로 지냈던 동욱이어서 친구들이 집에 올 때면 그렇게 반가울 수가 없었다.

동욱이 구상한 게임들은 어느새 백여 개가 넘었다. 많은 게임이 상상 노트를 가득 채웠다. 그런데 그중에서 동욱이 특별히 가장 아끼는 게임은 과자로 집과 자동차 등 세상의 모든 걸 만든다는 내용의 게임이었다. 동욱은 나오지도 않은 이 게임에 쿠키 월드라고 이름까지 지었다.

쿠기 월드는 『헨젤과 그레텔』에서 과자로 만든 집을 보고 떠올린 아이디어였다. 동욱은 어릴 때 읽었던 동화 『헨젤과 그레텔』에서 나온 과자로 만든 집을 좋아했다. 헨젤과 그레텔이 과자로 만든 집에서 집의 구석구석을 떼어내서 먹는 그림은 동욱을 매료시켰다. 그런 이유로 다른 동화들은 동욱이 크면서 책장에서 나와 이별을 고했지만, 『헨젤과 그레텔』만은 유일하게 책장에 남았다. 동욱은 세상은 모르는 실전된 마법서를 보관하듯 이 책을 아꼈다.

쿠기 월드에 대한 동욱의 애정은 날로 커졌다. 곧이어 쿠키 월드는 동욱이 게임 개발자가 되어야 하는 이유 그 자체가 되었다. 상상 노트에는 어느새 쿠키 월드가 구현하는 환상적인 세계에 대한 것들로 가득 메워지기 시작했다.

상상 속에서 쿠키 월드가 구현하지 못하는 세상은 없었다. 사람들은 초콜릿 파도가 넘실거리는 바다에서 비스킷 보드로 파도를 타고, 크래커로 만든 배 위에서 빼빼로 스틱으로 만든 낚싯대로 물고기를 낚았다. 상상은 바다 밑으로도 이어졌다. 사람들은 거대한 사탕으로 만든 잠수함을 타고 심해를 누비며 바닐라 맛 시럽을 내

뿜는 고래를 구경했다.

　나무에는 과일 대신 형형색색의 사탕들이 열렸다. 사람들은 나무의 과자들을 따서 초콜릿 아교를 바르고 집을 지었다. 알록달록한 과자 벽이 만들어지고 지붕에는 하얀 머랭 쿠키가 올라갔다.

　어느 날 상상 노트들을 펼쳐 보던 동욱은 이렇게 상상만 해서는 아무것도 할 수 없다는 걸 깨달았다. 더욱 전문적인 지식과 그걸 구현할 돈과 시간 등이 필요했다. '큰 회사에 들어가야 한다.' 열여섯 동욱은 인생의 목표를 세웠다. 그리고 꿈을 실현하기 위해 동욱은 많은 것들을 기꺼이 희생했다. 노트를 빼곡하게 메우던 게임 기획들은 어느새 영어와 수학 등으로 바뀌어 갔다. 공부에 방해되는 것들도 한둘씩 정리했다. 심지어 게임기마저 창고에 넣어버렸다. 몇 주를 못 참고 창고에서 몰래 다시 꺼내기는 했지만. 그런저런 노력 끝에 고등학교까지 졸업한 후 그는 그럭저럭 수도권에 속한 대학에 들어갈 수 있었다. 컴퓨터공학과에 진학했고 착실하게 대학 생활을 했다.

　그가 인생에 처음 쓰라린 맛을 보았던 건 처음 들어간 게임 회사에서였다. 중학교 때 인생의 목표를 세우면서 들어가고자 하던 큰 회사는 아니었지만, 나름의 중견 게임 회사 정도는 되는 곳이었다. 한시도 쿠키 월드를 잊지 않았던 동욱은 그 회사에서 기회가 될 때마다 기획서를 여러 루트로 올렸다. 하지만 그런 동화 같은 게임은 만들어 본 적이 없는 회사였고, 한 번도 해보지 않은 게임 기획에 돈을 쓸 수 없다는 이유로 만들기를 거부했다. 오히려 회사는 기획서 만드는 재주가 있다며 잘나가는 게임을 던져주고 비슷한 걸 만들어 오라고 했다.

"자동 사냥, 방치형 게임, 좀비 이거 소재로 하나 만들어 봐요. 기획서는 동욱 씨가 잘 쓰잖아. 이거 잘되면 쿠키 월드인가 그거 해보자고 위에 말해볼게."

동욱은 내키지 않는 게임을 만들어야 했다. 인터넷에서는 어디서 봤던 똑같은 게임들이 쏟아진다며 성토하고 비난하는 글들이 쏟아졌다. 동욱이 만든 게임도 비난의 대상이었다. 그런 글들을 볼 때마다 엄습하는 죄책감으로 쥐구멍에라도 들어가고 싶었다. 하지만 동욱은 회사라는 톱니바퀴에 끼어 있는 나사 하나에 불과했다. 회사에서 제 발로 나가지 않는 이상 하라고 시키는 걸 해야 했다.

하고 싶지도 않은 게임을 그것도 남의 게임을 베껴서 기획서를 만들어 올렸다. 회사는 이 게임은 동욱이 기획한 거나 다름없으니까 끝까지 책임져야 한다며, 자주 불려가 야근을 시켰다. 계속되는 야근에 강행군으로 한계에 다다른 동욱은 인사팀으로 가서 고충을 토로했다.

"알아요, 일이 힘든 거 다 알지. 그런데 동욱 씨 빠지면 이 게임 유지 못 해요. 동욱 씨가 기획서 올렸다며? 이 프로젝트 잘되면 동욱 씨 한 단계 업그레이드되는 거야. 그때는 동욱 씨 하고 싶은 거 할 수 있다. 이 말이에요."

동욱은 하고 싶은 걸 할 수 있다는 말을 믿어보기로 했다. 그는 더는 할 수 없는 한계에 다다른 것 같았지만 억지로 지친 몸을 이끌고 사무실로 돌아왔다. 그리고 며칠 후 여느 때처럼 철야를 하던 중에 심한 어지러움을 느꼈다. 그러다 결국 그는 그 자리에서 쓰러졌다. 눈을 떠보니 병원이었다. 병원에서는 동욱이 사흘을 병원 침대에서 누워 있었다고 했다. 동욱은 기억도 나지 않는 사흘이 사라졌다. 병원에서 나온 동욱은 회사에 사직서를 내고 그만두었다. 그 후 비슷한 규모의 몇몇 회사를 전전했다. 비슷하게 야근을 시켰고 비슷한 이유로 그만두었다. 그리고 더는 어디에도 가고 싶지 않게 되었다.

그냥 두어도 알아서 캐릭터가 성장하는 방치형 게임을 만들던 동욱은 이제 자신을 방치해 버렸다. 제대로 먹지 않고 대충 끼니를 때우며 그렇게 방치해 버린 지 얼마나 지났는지 모른다. 급기야 허기 때문인지 아니면 방 안에만 있다가 생긴 갑갑증 때문인지 그날 동욱은 무작정 밖으로 나갔다.

오랜만에 햇빛을 보니 살아 있음을 느꼈다. 따스한 햇볕만 받아도 꽉 막힌 가슴의 무언가가 조금 풀리는 느낌이었다. 슬슬 더워지는 여름 초엽의 열기가 동욱을 감쌌다. 조금 더운 기운이 사우나를 하는 듯해서 오히려 몸이 풀리는 느낌이었다. 정처 없이 걸었다. 걷고 또 걸었다. 공덕동 본가 아파트에서 걸었던 길이 어느새 도화동

까지 왔다. 그러다 도화동 어딘가에 골목길로 들어섰다. 목조 건물에 마치 숲속에 오두막 같은 모습이 인상적인 가게가 눈에 들어왔다. 주위의 건물들과 비교해도 이질적이라서 한 번에 눈에 띄는 가게였다. 가까이 가서 보니 목조 건물은 아니었고 통나무를 쌓아 올린 듯한 느낌을 낸 건물이었다. 가게 간판에는 '책과 수프'라고 적혀 있었다. 그는 수프라는 단어에 이끌려서 가게로 들어섰다. 밖에서 볼 때보다 가게 안은 컸다. 오두막 같은 모습은 겉보기였다. 가게 안에는 벽을 따라 책들이 진열되어 있었다.

"어서 오세요."

밝은 얼굴의 인상이 좋은 여자가 동욱을 반겼다. 환한 미소에 마음이 설렜다. 그는 어색하게 눈인사로 화답하며 자리에 앉았다. 음식을 먹기 위해 메뉴판을 열었다. 다양한 가지각색의 수프 사진들이 즐비했다. 무얼 시킬지 몰라 머뭇거리다 지친 몸과 마음을 풀어주고 원기를 회복하게 해준다는 설명이 적힌 콩소메 수프를 골랐다.

"잘 고르셨네요. 이 수프는 프랑스식 소고기 수프에요. 맛이 담백해서 처음 먹는 분들도 잘 드세요."

잘 골랐다는 주인의 말이 왠지 싫지 않았다. 돌아보면 동욱은 잘못된 선택에 섰을 때가 많았다. 콩소메 수프는 선택의 대가로 스스로 몸을 망쳐버린 후에 먹는 제대로 된 한 끼였다. 동욱은 잘 골랐다는 말이 정말 그러기를 내심 바랐다.

얼마의 시간이 지나고 콩소메 수프가 그가 앉은 테이블 위에 올라왔다. 맑은 국물에 소고기와 채소들이 접시를 채우고 있었다. 동욱은 숟가락으로 수프 한 숟가락을 떠서 입으로 넣었다. 따뜻한 수프 국물이 바짝 마른 입안을 촉촉하게 적셨다. 국물을 목 뒤로 넘기니 몸 구석구석에 따뜻한 기운이 퍼졌다. 진하고 깊은 소고기 육수와 파와 후추의 향이 입과 몸으로 전해졌다. 눈물이 핑 돌았다. 이렇게 제대로 된 음식을 먹어본 지가 언제인지 가물가물했다. 마침내, 동욱은 더는 스스로 자신을 방치하지 않기로 했다.

동욱이 방치형 인간에서 탈출한 지도 몇 달이 지났다. 지금 동욱은 오랜만에 컴퓨터로 작업을 하고 있었다. 모니터에 설원에서 망토를 두른 남자가 어딘가를 향해 걸어가는 모습이 그려진 그림이 윈도우 창에 떠 있고, 동욱은 그 사진을 게임을 만드는 프로그램으로 여기저기 만져보고 있었다. 모니터 옆에는 가게에서 찍은 폴라로이드 사진이 붙어 있었다. 이 사진은 오랫동안 좀비처럼 방치되어 있다가 생기를 찾은 자신의 모습을 기념하기 위해 찍은 사진이었다. 그리고 책상 한쪽에는 가게 주인인 선영의 추천으로 구매한 『위쳐』가 몇 권 놓여 있었다.

동욱의 작업으로 한창 바쁜 컴퓨터 키보드 옆에는 책갈피가 꽂혀 있는 책이 있었다. 요즘 동욱이 바쁜 와중에도 틈틈이 읽고 있는 책이었다. 그 책은 선영이 선물로 건네준 『노인과 바다』였다. 그녀의 말로는 이 책은 치열하게 살아온 지난 과거를 긍정하게 하는 힘을 주는 소설이라고 했다. 그녀는 책을 선물로 주면서 이런 말도 덧붙였다.

"개구리도 더 높이 뛰기 위해서 몸을 웅크린다고 하잖아요. 그러니까 지금 동욱 씨도 더 높이 뛰기 위해서 잠시 몸을 웅크린 것뿐이에요. 누구나 내일을 위해 숨을 고르는 시간은 있어야 하니까요."

동욱은 『노인과 바다』 속 늙은 어부에서 세상에 지친 자신을 보았다. 늙고 지친 몸으로 대어를 잡으려 사투를 벌이는 노인을 보며 사회에 적응하려고 버티면서 꿈을 놓지 않았던 자신을 떠올렸다. 고기는 상어 떼에 모두 뜯겨 뼈만 남았지만, 그 사투는 장엄하고 처절했다. 세상은 끝내 노인이 대어를 낚아 올렸다고 인정하지 않겠지만, 그 사투가 얼마나 대단했는지 동욱은 알고 있었다. 동욱은 지난 삶이 실패만 남지 않았음을 비로소 느꼈다. 뼈만 남은 고기를 가지고 돌아와 사자 꿈을 꾸는 노인. 노인은 여전히 꿈을 내려놓지 않았다. 동욱은 몸을 망칠 정도로 지쳤음에도 꿈을 놓지 않은 자신을 다시 돌아봤다. 노인이 꿈을 놓지 않았듯이 동욱도 꿈을 놓지 않기로 했다.

인터넷 뉴스난에는 취업 준비를 하지 않고 쉬는 청년이 50만 명에 육박했다는 기사가 올라왔다. 동욱은 그 50만 명 중 한 명으로서 무언가 말하고 싶었다. 쿠키 월드는 잠시 접어두고 새로운 게임을 만들어야겠다고 결심했다. 동욱은 오랜만에 상상 노트를 꺼내 그림을 그렸다. 그림에는 낡은 오두막이 있고, 각양각색의 사람들이 오두막으로 찾아들고 있었다. 모두 생김은 다양했지만, 하나같이 지친 기색은 같았다. 자신이 그렸지만 그림을 보니 흡족했다.

동욱은 혼자서 구상한 게임을 구현하기에는 벅차서 여러 방면으로 사람들을 구했다. 한동안 연락이 뜸했던 대학 친구들부터 어릴 때 상상 노트를 구경하러 오는 친구들까지 연락이 닿는다면 할 수 있는 데까지 연락했다. 그 밖에도 익명의 사람들에게 자신의 처지를 설명하며 게임 기획자를 구하는 글을 올리기도 했다. 자신처럼 회사에서 게임을 만들다가 지쳐서 회사를 나와 쉬고 있는 사람들이 많았다. 같이 해보고 싶다고 연락해 오는 사람들이 하나둘 동욱 곁으로 모여들었다. 해가 끝나가는 겨울에 동욱은 자신이 구상한 게임의 데모 버전을 완성했다. 그는 게임의 데모 버전을 시험 삼아 플레이해 보기로 했다.

설산을 넘어 겨울 숲을 헤매는 남자가 오두막을 발견한다. 남자는 괴물들과 사투를 벌이며 온몸에 상처를 입고 길을 헤매고 있었다. 지친 몸을 이끌고 누추한 망토와 이가 나간 검을 든 남자가 오두막을 들어선다. 그러면 오두막에서 어깨까지 내려오는 칠흑같이 검고 긴 곱슬머리를 한 여자가 환한 웃음으로 남자에게 따뜻한 수프를 건넨다.

"어서 오세요. 여기는 도망자의 안식처 혹은 '책과 수프'라고 불리는 오두막입니다. 당신이 찾는 모든 것들이 여기에 있습니다. 마법 책들, 회복 포션들, 약초들 그러나 지금 당신에게 제일 필요한 건 따뜻한 수프 한 접시겠군요. 수프는 얼마든지 있으니 천천히 드세요."

플레이어의 분신은 오두막의 주인이다. 주인은 지친 남자를 위해 수프를 끓이려고 솥으로 향한다. 이윽고 오두막에는 누추한 행색의 여자와 지팡이를 든 백발의 노인 등 하나둘 들어와 자리했다.

아직 손볼 부분이 보이지만 이 정도면 순조로운 출발이다. 동욱은 게임을 끄고 집 밖으로 나섰다. 밖에 나서니 어느새 저녁노을이 사라지고 어두워지고 있었다. 수프를 먹으려면 서둘러야 할 것 같았다.

마음의 거리

1

북카페 홍보에서 인터넷은 빼놓을 수 없다. 선영도 인스타그램이나 블로그 등을 통해서 '책과 수프'를 홍보하는 데 열심이었다. 그녀가 인터넷을 활용하는 방법은 다른 책방이 하는 것들과 비슷했는데, 하나 다른 점이 있었다. 그건 만화가인 그녀만이 할 수 있는 방법으로 '책과 수프'를 알리는 것이었다. 그녀는 자신의 개인 블로그에 그녀의 소소한 일상과 손님들의 이야기들을 묶어 만화로 올렸다. 비정기적으로 올라오는 만화였지만, 만화가 올라오면 댓글 수백 개는 달릴 만큼 이 개인 블로그에서 가장 인기 있는 콘텐츠였다. 선영이 만화책을 출간한 지도 어느새 십 년 가까이 되어가지만, 아직 그녀를 좋아하는 팬들이 있었고 그녀를 몰랐지만 '책과 수프'에 다녀간 이후로 가게와 만화를 좋아하게 된 사람들도 있었다. 블로그에 연재되던 만화의 에피소드들이 쌓여 책 한 권 정도 나올 분량이 되자, 책으로 보고 싶다는 사람들도 많아졌다. 많은 사람 중에는 정아도 있었다. 한 날 그녀가 가게에 왔을 때, 선영의 만화가 진열된 책장을 보며 말했다. "언니, 이 만화책으로 내보는 건 어때요? 그렇게 해서 북토크도 하고 그러면 좋겠다. 여기 책 진열대에 언니 책 한 권 더 놓으면 보기 좋을 것 같아요."

그러나 선영은 만화를 블로그에 연재할 때 만화가로서 성공하겠다는 마음으로 시작한 건 아니라서 아무래도 망설여졌다. 그리고 북토크라니, 작가로서 정체성은 남아 있지만, 책을 출간해 본 지도 오래되어서 그런지 낯이 간지러운 느낌도 드는 게 사실이었다. 이렇게 망설이고 있는 선영의 마음을 다잡아 준 건 구 피디이었다.

구 피디는 선영이 예전에 처음 만화를 출간할 때 도움을 주었었다. 선영은 만화가로 정식 데뷔하기 위해 여러 공모전에 도전했으나 성과는 좋지 못했다. 그러던 중에 어느 공모전에서 결승까지 올라간 적이 있었다. 그 대회에서 선영의 최종 성적은 2등이었다. 그러나 공모전의 2등까지 했지만, 1등만 연재 기회를 준다는 공모전 규정으로 해당 대회에서 탈락하는 바람에 데뷔 기회는 놓치게 되었다. 그날 얼마나 울었던지 몇 날 며칠을 술로 탈락의 억울함과 슬픔을 달랬었다. 그때 구원의 손길을 내밀어 준 게 구 피디였다. 여느 때처럼 고시원에서 낮부터 술로 빈속을 달래던 선영에게 낯선 번호로 전화가 왔다. 전화기 너머 들리는 목소리는 자신이 애플툰의 구필모 피디라고 소개했다. 그는 위로가 목마른 선영에게 따뜻한 말들을 해주었다. 그는 선영의 만화를 눈여겨보고 있었고, 1등을 놓친 건 그 대회가 작가를 보는 눈이 없었기 때문이라고 말했다. 그리고 그보다 더 선영을 기쁘게 해준 말은 그가 선영이 만화로 데뷔하는 데 도움을 주고 싶다고 한 말이었다. 그렇게 해서 구 피디의 도움으로 연재 계약을 따내고 그녀는 만화가로서 첫 데뷔를 하게 되었다. 그녀가 만화가로 데뷔하고 나서 여러 가지 일들을 거치고 시간도 흘러 지금은 북카페 주인이 되었지만 구 피디와는 가끔 연락은 주고받고 있었다. 그런데 그 구 피디가 적극적으로 선영이 블로그에 연재하던 만화를 출간하고 싶다는 연락을 보내왔다.

"이 정도 작품이 블로그에만 연재된다는 건 아까워요. 책으로 내봅시다. 선영 씨는 힘 빼고 그린 거라고 하지만 오히려 꾸미지 않은 그림체가 소소한 일상물에 어울리는데요?"

그리고 구 피디는 선영의 만화에 강점은 그림이 아니라 감성이라는 말도 덧붙였다. 그의 설득은 망설이고 있던 그녀가 더는 망설이지 않게 했고, 그렇게 해서 선영은 그녀는 블로그에 연재로만 올라오던 이 이야기를 책으로 내볼 결심을 하게 되었다. 이미 책 한 권 정도 분량으로는 연재물이 쌓여 있어서 책 출간은 그녀의 결심만 필요하다고 생각했는데 출판사와 논의는 생각보다 좀 길어졌다. 출판사에서는 그녀의 책을 출간하는 데 몇 가지 에피소드를 더 요구했다. 블로그에 연재되던 이야기만으로 구성된 책은 독자들을 끌어들이는 데 부족하다고 했다. 그래서 책에서만 볼 수 있는 이야기들을 더 구성해서 넣자는 의견을 선영에게 피력했다. 선영은 이 출판사의 전략에 좀 회의적이었다. 그녀는 출판사에 이렇게 말했다.

"이 책은 원래 인터넷으로만 연재하던 만화예요. 온라인 공간에서 독자들과 소통해 왔는데 책으로만 볼 수 있는 이야기를 따로 만든다는 건 아무래도 독자들한테 미안한 일이 될 거예요."

선영과 출판사의 견해차로 책 출간이 지지부진할 때 구 피디가 묘안을 내었다. 선영의 만화 연재분을 모두 '애플툰'에서 무료로 연재하자는 아이디어였다. 대신 '애플툰'에서만 볼 수 있는 에피소드 몇 개를 더 추가해 달라고 부탁했다. 출판사도 '애플툰'에서 운영하는 자회사였기에 생각해 낼 수 있는 아이디어였다. 선영은 자신의 블로그에서만 보던 만화의 다른 에피소드들을 다른 플랫폼에 연재한다는 게 좀 걸리긴 했지만, 자신의 첫 데뷔작을 같이한 곳이고 새로운 에피소드들도 무료로 볼 수 있다는 데에서 타협하기로 했다. 종이책은 어디까지나 팬들을 위해 서비스 느낌으로 기획하는 거니 처음 선영의 의도에도 벗어나지 않았다.

이제 출간까지 남아 있는 숙제는 새로운 에피소드들이었다. 선영이 북카페에서 보내는 일상적인 이야기를 새로운 에피소드들에 넣기에는 심심했다. 그녀는 혼자 생각하는 데 한계를 느껴 블로그와 인스타그램에 공지를 올렸다. 그녀는 만화로 연재하고 싶은 이야기들을 모으고 있으니 자신의 이야기를 만화와 책으로 보고 싶은 분들은 응모해 달라고 했다. 그리고 응모에서 당첨된 분에게 소정의 선물과 가게에서 무료 시식권을 보낸다는 것도 덧붙였다.

***

"내가 너한테 해준 게 얼만데 이럴 수 있어? 나한테? 네가?"

남자가 목에 핏대를 세우며 여자에게 소리쳤다. 남자는 지적이지만 날카로운 인상이고 여자는 독하고 고집스러운 인상이었다. 둘의 팽팽한 신경전이 주위 공기를 싸늘하게 만들고 있었다.

"그만."

두 남녀 뒤에 어둠 속에서 명령조의 목소리가 들렸다. 그러자 두 남녀는 언제 싸웠냐는 듯 얼굴을 풀며 서로 웃으며 껴안았다. 여기는 무대 위. 두 남녀는 연극 배우였고 목소리는 연극 무대의 감독이었다. 지금은 막 무대 상연을 위한 연습을 해보는 중이었다. 두 배우의 열연이 끝나자 객석에서 한 사람의 박수 소리가 들렸다. 손뼉을 친 사람은 일어서서 배우와 감독들이 있는 무대로 다가갔다.

"이야 열연이네요. 철수 형, 미진이 둘 다 아직 여전하군요."

남자가 너스레를 떨며 둘의 열연을 칭찬했다. 배우들은 그 남자를 반가워하며 한두 대 가볍게 치는 것으로 인사를 대신했다. 무대 뒤에서 소리치던 감독이 남자를 불러 세웠다.

"하현수, 자식 얼굴 탄 거 봐라? 너 농부가 다 됐구나."

"선배님, 탄 게 아니라 건강해진 거예요."

현수는 감독의 말에 농담으로 대꾸했다. 남자의 이름을 부르는 감독은 차주용으로 극단 새날을 이끄는 단장이었다. 그리고 하현수라고 불린 남자는 배우였다. 그는 지금 막 경산에서 서울로 올라왔다. 현수는 이 극단에서 오랫동안 신세를 졌었다. 배고픈 연극배우의 삶에 지쳐서, 충무로의 마이너 리그에서 조연 아래 단역으로 전전하던 생활이 지쳐서 현수는 고향으로 내려갔다.

"네 얼굴이 까맣게 되는 날도 있구나."

단장 차주용은 그을린 현수의 얼굴을 보니 먹먹해졌다. 현수가 처음 극단에 발을 디뎠을 때만 해도 녀석은 반반한 얼굴만 믿고 연기하겠다고 덤비던 철부지였다. 그런 애송이를 혹독하게 연습시키고 때로는 어르고 달래면서 배우로 성장시켰다. 적어도 무대 위에서 사람 구실은 하게 만들었다. 지금은 비록 현수가 무대를 떠났지만 지난 옛정은 끈끈하게 남아 있었다.

"막걸리나 한잔할까? 파전 기가 막히게 부치는 집이 근처에 하나 있어."

"우리 항상 가던 거기예요?"

"극단 뒷골목 그 집은 없어졌고, 다른 데로 뚫었지. 너 없는 동안 여기도 좀 변했다."

현수는 여기도 변했다는 말에 조금 쓸쓸했다. 그의 이십 대를 불살랐던 이 극단의 일부가 사라진 느낌이라고 할까. 항상 가던 곳이

사라졌다는 것은 언제나 쓸쓸한 법이다.

"여기 말고 다른 볼일이라면 우리 보러 오는 게 최종 목적이 아니란 거 아냐."

차 단장이 현수의 잔에 막걸리를 부으면서 툴툴거렸다. 농사짓겠다고 고향 내려가서는 삼 년 동안 코빼기도 안 보이다가 이제 올라와서는 한다는 소리가 다른 데에 볼일이 또 있다니. 어째 겸사겸사하는 일 중의 하나가 된 거 같아 서운했다.

"무슨 말씀을. 제정신 아니다가 기운 차리니 선배님 생각나서 올라온 거예요. 선배님 보러 온 김에 다른 데도 들르는 거죠. 하하하."

현수가 겸연쩍어하며 차 단장을 추켜세웠다.

"시끄러. 아닌 거 알아."

차 단장은 자신의 막걸릿잔으로 현수의 잔에 쨍하고 부딪히며 추켜세우지 말라는 시늉을 했다.

"그건 그렇고, 그동안 어떻게 살았냐?"

가게의 노란 불빛은 수척해 보이는 현수의 얼굴을 더 근심 어려 보이게 했다.

"고향 내려가서 한동안은 저도 힘들었어요. 배우 말고는 다른 건 안 보고 살았는데 막상 포기하고 내려오고 나니 포기했다는 사실을 받아들이기가 힘들더군요."

"사람은 꿈을 먹고 살아야 하는데, 오죽 힘들었겠냐."

현수의 말에서 그의 마음고생을 느낄 수 있었다. 차 단장은 현수처럼 극단을 스쳐 지나간 많은 배우를 봐왔다. 모두 충무로의 샛별이 될 거라는 꿈을 안고 올라오지만, 대부분은 별똥별이 되어서 충무로라는 하늘에 닿아보지도 못하고 무대 밖으로 떨어져 나갔다. 현수는 차 단장과 막걸릿잔을 부딪치니 다시 옛날로 돌아간 것 같았다. 연기를 논하고 예술을 논하던 그때에는 배우들끼리 부딪치는 막걸릿잔은 부싯돌이 되어서 가슴에 불을 지폈었다. 하지만 배우를 포기하고 농부가 된 지금은 부딪치는 막걸릿잔에서 회한과 그리움만 느껴질 뿐이었다.

"다음에 들를 데가 있다면서 거기는 어디냐?"

현수의 생활과 인생사를 거의 꿰고 있는 차 단장이었지만 현수가 들를 곳이 있다는 데가 어디인지 짐작이 가지 않았다.

"북카페요."

현수는 핸드폰 화면에 사진을 띄워 차 단장에게 보여주었다. 사진에는 북카페의 전경과 내부 모습 등이 찍혀 있었다.

"여기는 왜?"

"스물한 살 때 추억이 생각나게 하는 곳이라서요."

차 단장은 여전히 현수가 무슨 소리를 하는지 모르겠다는 듯 멀뚱하게 그를 쳐다보았다. 현수는 차 단장에게 자신이 마저 말하지 못했던 스물한 살의 추억담을 꺼내었다. 그리고 지나간 시간에 흘려보낸 청춘과 추억의 파편처럼 남은 기억을 안주 삼아 막걸릿잔을 비우고 채웠다. 그가 살아온 모든 시간과 여기 서울로 그가 북카페를 찾아오기까지의 이야기를 다시 화젯거리 삼아 대화가 이어졌다. 그렇게 둘의 대화는 밤과 함께 깊어갔다.

경산에서 어릴 때부터 얼굴은 타고났던 현수는 커서 연예인 해 보라는 말을 듣고 자랐다. 사람들은 현수가 제 엄마를 똑 닮았다고 했다. 현수가 사진으로만 본 엄마는 태국에서 왔다고 했다. 아버지는 나이 오십이 다 되어서야 엄마를 만나 가정을 꾸렸다. 두 분이 어떻게 만났는지는 잘 모른다. 아버지는 태국 여행 중에 만났다고 하는데, 한국에서 불법 체류로 일하고 있던 엄마를 소개로 만났다는 말도 들었다. 사실 엄마를 어떻게 만났는지 물어보지는 않았다. 아버지는 엄마 이야기가 나오면 얼굴이 어두워지셨으므로. 하지만 아버지 지갑 속에는 엄마 사진을 넣고 다니셨다. 현수를 낳고 얼마 후에 태국으로 가버리신 엄마지만 아버지 지갑 속에는 엄마가 있었다. 아버지는 포도 농사로 이따금 집을 비우셨고, 아무도 없는 집에서 현수는 혼자서 TV를 보는 낙으로 지냈다. 현수는 TV에 나오는 배우들을 보면서 따라 하는 걸 즐겼다. 아버지는 그런 현수가 기특했는지 밭으로 불러내서 어른들 앞에서 배우들처럼 연기해 보라고 하시곤 했다. 현수가 배우들의 연기를 모사할 때마다 어른들은 손뼉을 치며 좋아했다. 어른들은 이다음에 현수가 크면 연예인을 시키라고 아버지에게 말했다.

현수가 고등학교 올라가며 사내 티가 날 때쯤 그는 학교에서 이

미 연예인이었다. 그 인기는 다른 학교에서도 퍼져나가 옆 학교에서 여자아이들이 담벼락에 삼삼오오 모여 그를 보러 올 정도였다. 끼도 있고 재능도 있었던 그는 자연스럽게 연예인을 꿈꿨다. 그러나 보기 좋게 지망한 D 대학 연극영화과에 떨어지면서 한번 기가 꺾였다. 사는 데 의욕이 떨어진 그는 원서만 내면 들어가는 수도권에 어느 대학에 무역학과로 들어갔다. 꿈도 없고 공부에도 뜻이 없던 그는 그냥 내키는 대로 살았다. 아르바이트로든 집에서 보내주는 생활비든 돈이 수중에 들어오기만 하면 노는 데 쓰기 바빴다. 주말이면 홍대거리로 나가 클럽에서 몸을 흔들었다. 돈이 궁하지는 않았다. 옆에는 항상 자기 대신 밥과 술을 사는 데 지갑을 대신 열어줄 여자 친구들이 있었으므로. 그날도 한겨울 강추위를 뚫고 클럽에서 몸을 흔들고 있었는데 그의 눈에 누가 봐도 클럽 같은 데는 안 다닐 것같이 순진하게 보이는 여자애가 혼자서 어색하게 리듬에 맞춰 고개를 끄덕이고 있었다. 그는 호기심에 그 여자애한테 다가가 말을 걸었다. 그 여자애는 아는 언니들 성화에 처음 와본 거라고 했다. 가까이서 본 그 애의 얼굴은 미인은 아니었지만, 눈이 맑았다. 그는 이름을 물었다.

"최지연이에요."

"그쪽은 이름이 뭐예요?"

시끄러운 음악 소리를 누르고 목청을 높이느라 악을 쓰는 그 애의 모습이 너무 귀여웠다. "현수요. 하현수." 그는 맑은 그 애의 눈을 보며 그날 매주 바뀌던 여자 친구들을 정리하기로 했다.

그 애, 아니 지연은 명성 있는 여대에 있는 사범대학에 다니는 학생이었다. 그녀는 학교에서 아이들을 가르치는 게 꿈이라고 했다.

"나는 아이들이 세상을 보는 눈을 가질 수 있게 도와주고 싶어. 시험지 문제는 답이 하나지만, 세상에는 답이 하나가 아니니까."

현수는 지연의 눈을 봤다. 맑은 눈이 반짝였다.

'나는 하나의 답도 제대로 쓰고 있는 걸까.'

맑게 반짝이는 지연의 눈을 보며 현수는 자신의 방탕한 삶이 부끄럽게 느껴졌다.

시원한 가을바람이 부는 어느 날 오후. 가을의 낙엽 길을 둘이서 걷다가 지연은 현수에게 물었다.

"현수야, 너는 꿈이 뭐야?"

"배우가 되고 싶어."

그녀가 꾸는 꿈에 자신도 스며든 것일까. 현수는 어느새 다시 배우를 꿈꾸고 있었다. 그해 겨울 지연은 현수에게 어렵게 말을 꺼냈다.

"내년에 캐나다로 어학연수 갈지도 몰라."

"어학연수는 얼마나 걸려?"

현수는 가지 말라고 말리고 싶었다. 하지만 자기 때문에 지연의 앞날을 막고 싶지 않은 마음도 들었다. 두 마음이 현수를 흔들었다.

"1년. 미안해. 이번에 못 가면 이런 기회 없을 거 같았어."

"내가 가지 말라고 하면 안 되겠지?"

현수는 소심하게 지연을 말렸다.

"1년 금방이야."

지연도 마음이 편하지 않은 눈치였다.

"그럼 하나만 부탁해도 될까?"

"무슨 부탁?"

"우리 서로 떨어지기 전에 같이 여행 가지 않을래?"

현수는 지연을 기다리는 동안 버티려면 기억에 남을 추억이 필요하다고 말했다. 두 사람은 여행지로 한국에서 멀지 않은 곳으로 가기로 하고 어디로 갈지 물색했다. 홍콩, 대만, 일본이 여행지 후보에 올라왔다. 두 사람은 이 중에서 일본으로 가기로 했다. 그중에서도 홋카이도로 가기로 했다. 얼마 전에 옛날 영화나 독립 영화 등을 상영하는 곳에서 이와이 슌지의 영화 「러브레터」를 봤던 기억이 이들을 홋카이도로 이끌었다. 거기서 본 설경은 너무 아름다웠다.

겨울의 홋카이도는 서울보다 추웠다. 하지만 아름다운 설경이 추위를 잊게 하기에 충분했다. 배낭여행이 처음이라 서툴던 그들은 설경에 너무 마음을 뺏겨버린 탓인지 길을 잃어버렸다. 온통 눈밭이라서 방향 감각도 없어져 버렸다. 인적도 없는 시골길을 정처 없이 걸었다. 걷고 또 걷다가 현수가 멀리서 오두막 같은 아담한 민가를 발견했다.

"저기 집이 보여. 조금만 더 가보자."

집이라는 말에 지연은 안도했다. 안도하는 지연을 보며 현수는 가슴을 쓸었다. 현수는 괜찮다고 하면서도 무척 초조해 보이는 지연이가 오는 내내 마음에 걸렸었다. 가까이 가보니 간판이 있는 식당이었다. 길을 물어볼 사람과 식사를 모두 해결할 수 있다는 생각에 둘은 허겁지겁 그 식당으로 들어갔다. 현수가 어눌한 영어와 일본어를 섞어서 더듬거리자 마음씨 좋게 생긴 아주머니가 웃음을 터트렸다. 지연이 여행을 위해 익힌 일본어와 유창한 영어로 자신들은 한국에서 온 여행객이며 여기가 처음인데 길을 잃어버렸다고 설명했다. 아주머니는 연신 고개를 끄덕이며 그들의 고생담을 들어주었다. 그리고 따뜻한 미소와 함께 김이 모락모락 나는 수프를 내어주었다. 가지, 호박 등 갖은 채소와 닭 다리가 올려진 빨간 수프였다.

아주머니는 이 수프가 수프 카레라고 알려주었다. 현수는 수프를 한 숟가락 떠서 목으로 넘겼다. 매콤한 카레는 피곤한 정신을 깨웠다. 그리고 따뜻하면서 깊은 국물은 추위로 얼어붙었던 몸을 녹였다. 인심 좋은 아주머니는 수프 그릇이 비자 빈 그릇에 수프를 더 퍼 주었다. 아주머니는 일본어로 가게를 설명했다. 지연은 아주머니의 말을 하나라도 놓치지 않으려고 귀를 기울였다. 아주머니는 이 가게는 제일 오래된 수프 카레 식당 중의 하나이며 외국보다 일본 국내의 현지 관광객이 종종 들른다고 했다. 친절한 아주머니의 안내로 두 사람은 숙소도 찾을 수 있었다. 숙소는 작지만, 온천도 할 수 있는 근사한 곳이었다. 거기서 하룻밤을 보낸 두 사람은 다음 날 홋카이도 여행을 마치고 귀국길에 올랐다.

    현수는 꿈같은 홋카이도 여행이 이별 전 마지막 여행이 될 줄은 몰랐다. 다음 해의 봄이 끝나갈 무렵 지연은 캐나다로 어학연수를 갔고, 현수는 그녀를 기다리다 달래질 길 없는 그리운 마음에 방황하다 군대로 갔다. 눈에서 멀어지면 마음도 멀어진다고 했던가. 항상 1m를 유지하던 두 사람이었는데 서울과 캐나다로 8,000km로 떨어지니 점점 연락이 줄어들었다. 현수도 졸업 즈음 진로 문제로 고민하다 더 늦어지기 전에 연기를 제대로 배워야겠다는 마음으로 극단으로 들어가 연기 수련을 시작했다. 지연도 어학연수를 끝내고 돌아와 본격적으로 교사 임용 시험 준비를 하면서 바빠졌다. 둘의 생활이 달라지면서 서로 간에 공통의 화제도 줄어들었다. 그리고 서로 각자 위치에서 자리 잡기 위해 치열해지면서 마음의 여유도 사라졌다. 둘은 사소한 일들로 다투는 나날이 많아졌다. 다툴 때마다 두 사람은 서로의 마음에 생채기를 냈다. 그렇게 삐걱거리던 두 사람은 눈도 내리지 않고 바람만 불던 차가운 겨울 어느 날 헤어졌다.

    현수는 헤어지고 나서 한동안 지연이 그리워 그녀의 인스타그램에 들어가 보기도 했다. 현수가 모르는 지연의 친구들과 찍은 사진들이 하나둘 올라와 그녀의 인스타그램을 채웠다. 남자와 둘이 찍은 사진은 도대체 둘이 무슨 사이인지 괜히 신경이 쓰였다. 하지만 그런 그리움도 해가 갈수록 옅어졌다. 그리움 대신 늘지 않는 연기에 대한 절망감과 계속 떨어지는 오디션 낙방 소식에 대한 좌절감이 그 자리를 채웠다. 불안정한 배우라는 자리, 성공해야겠다는 열망이 만들어 내는 초조함 등이 현수를 궁지로 몰았다. 조연 하나 따내기도 어려웠다. 극단에 있다가 나와 독립 영화를 찍는 연극 선배의 배려로 작은 영화에 주연급 비중의 조연으로 연기했다. 그게 전부였다.

현수는 서른하고 다섯 살이 되는 해에 본 오디션에 다시 또 떨어졌다. 그에게는 마지막 오디션이었다. 그는 고향 경산으로 내려가서 아버지가 하시던 포도 농사를 물려받았다. 한동안은 배우를 포기했다는 사실을 실감할 수 없어 괴로웠다. 밭에 나가도 정신은 딴 데 가 있었다. 농사일은 고되었다. 몸을 안 쓰다가 쓰니 안 아픈 데가 없었다. 이렇게 힘들게 일하면서 자신의 대학 등록금과 생활비를 보내주셨다고 생각하니 코끝이 찡해졌다. 오랜만에 아버지와 같이 보내니 같이 이렇게 둘이서 지내던 어릴 때로 돌아간 것 같았다. 가족의 포근함이 느껴졌다.

아버지도 혼자만 있다가 아들이 오니 집에 사람 냄새가 난다며 좋아하셨다. 농사일은 힘들지만, 수입은 배우로 살 때보다는 넉넉했다. 성공에 대해 초조함으로 잃었던 마음에 여유도 조금씩 찾아갔다. 그렇게 현수는 농부로서 감각을 새롭게 몸에 익혀갔다.

현수가 오후에 밭을 둘러보고 늦은 점심을 먹고 있었을 때였다. 심심함을 달랠 요량으로 TV를 틀었다. 여행 프로그램이 방영되고 있었다. 여행 작가라고 자신을 소개하는 여자 리포터가 겨울의 홋카이도를 여행하고 있었다. 그녀는 어느 시골길로 들어서서 지금 찾아가는 곳은 마지막 영업을 하는 오래된 식당을 찾아간다고 말했다. 그녀가 도착한 곳은 오두막처럼 보이는 아담한 가게였다. 열댓 명은 되어 보이는 긴 줄 끝에 여자 리포터가 섰다.

 "여기는 홋카이도에서 가장 오래된 수프 카레 식당이에요. 안타깝게도 여기가 오늘 마지막 영업이라고 해요. 한번 들어가 볼게요."

 홋카이도 시골의 수프 카레 식당. 현수는 그곳을 보자, 거기가 어디인지 단번에 알아보았다. 스물한 살에 아련한 추억이 있던 그곳. 리포터는 가게로 들어서서 할머니가 건네주는 수프 카레를 받았다. 그때 그 아주머니는 어느새 머리가 희끗희끗한 할머니가 되어 있었다. 하지만 인심 좋게 웃는 아주머니를 보니 여전하다는 느낌이 들었다. 현수는 그 식당을 보고 오랫동안 잊고 있었던 이름을 떠올렸다. '최지연' 그는 그녀의 이름으로 인터넷 여기저기를 검색했다. 그러나 그녀의 흔적은 어디에도 나오지 않았다. 사진이라도 남아 있으면 좋을 텐데 핸드폰에는 그녀의 연락처도 없다. 그때 찍은 사진도. 예전에 핸드폰을 떨어트려 깨지는 바람에 연락처도 사진도 모두 사라져 버렸다. 현수는 그녀가 보고 싶었다. 어떻게 지내는지 안부도 궁금했다. '지금은 결혼했겠지. 애도 둘 좀 있으려나.' 시간이 너무 오래되었다. 연락처도 모르지만 있다고 해도 연락해 볼 수는 없을 것이었다.

밭에 나가서 일하는데 그날 TV에서 본 식당과 그녀가 생각나서 현수는 손에 일이 잡히지 않았다. 밤에 꿈을 꾸면 홋카이도 시골길을 그녀와 같이 걸어가는 꿈을 꾸었다. 그러던 어느 날 현수는 그 식당에서 맛본 수프 카레라도 먹어보고 싶어 인터넷에서 정보를 찾았다. 수프 카레가 나오는 식당들이 검색에 걸렸다. 그 식당 중에서 북카페라고 소개되고 있는 곳을 찾았는데, 그곳은 오래된 소품들로 장식된 고풍스러운 느낌을 자아내는 곳이었다. 비슷하지는 않지만 예스러운 분위기 때문인지 홋카이도의 그 식당이 떠올랐다.

'책과 수프'라는 이름을 가진 그 북카페는 주요 일정이나 이벤트 등의 정보를 인스타그램과 블로그에 올리고 있었다. 블로그로 가 보니 특이하게 만화가 몇 꼭지 연재되고 있었다. 단편도 있었고 시리즈로 연재하고 있는 만화도 있었다. 그중에 댓글이 많이 달리는 만화는 시리즈로 연재하고 있는 만화였는데, 내용을 보니 가게를 운영하는 주인의 일상과 손님들의 이야기들이 담담하게 그려져 있었다. 소박하고 일상적인 이야기들이지만 보고 있으니 왠지 그 편안함이 안겨주는 따뜻한 느낌이 있었다. 그중에서 몇몇 손님들의 이야기는 마음을 울렸다. 그들에게 이곳은 그저 책을 읽고, 수프를 먹고 가는 스쳐 가는 인연으로 맺어진 곳이 아니었다. 그들의 사연에는 가슴을 찡하게 하는 감동이 있었다. 마치 독립 영화를 본 듯한 느낌이었다. 현수는 자기도 모르게 상상 속에서 그들의 사연으로 만든 영화 속 배우가 되어 연기하고 있었다.

현수는 그렇게 푹 빠져 시간 가는 줄 모르고 블로그에 올라온 모든 만화를 다 읽었다. 현수는 그 홋카이도의 추억이 깃든 식당을 떠올리게 하는 이 북카페의 만화 속에 자신의 추억 한 페이지도 남겨놓고 싶었다. 만화에 오래 머물던 현수의 시선은 블로그의 다른 카테고리로 이동했다. 그러다 새로운 일정이나 행사 등을 소개하는 곳에서 멈췄다. 북카페답게 독서 모임에 대한 공지가 많이 올라와 있었는데, 그중에 그의 눈길을 끄는 글이 하나가 있었다.

북카페 '책과 수프'에서 여러분의 사연을 받습니다.
'책과 수프'에서 책과 수프에 대한 여러분의 추억을 이야기해주세요.
사연을 보내주신 여러분 중에 다섯 분의 이야기가 만화 『꿈꾸는 책과 수프』에 실릴 예정입니다. 다섯 분에게는 소정의 선물과 '책과 수프' 무료 시식권 1매를 드리겠습니다.

그곳은 만화로 그려질 사연을 받고 있었다. 현수는 자신의 이야기를 여기에 싣고 싶었다. 사진으로도 남아 있지 않은 추억을.

일정을 확인하니 이번 달 말까지라고 한다. 아직 시간은 조금 남아 있었다. 하지만 서둘러야 했다. 현수는 지연과 있었던 홋카이도 여행과 거기서 먹은 수프 카레에 얽힌 추억을 글로 써 내려갔다. 글 말미에는 '책과 수프'로 가서 그 수프 카레를 다시 먹으면서 자신의 이야기를 마무리하겠다고 썼다. 몇 번을 쓴 글을 지우고 쓰고 하다가 다듬어서 메일로 보냈다. 메일로 보내고 나니 한 번도 가본 적 없는 가게인데 선뜻 응모를 받아줄지 조금 걱정이 들었다. 그렇게 글재주가 있다고 생각해 본 적 없는 현수였기에 걱정에 걱정이 더 붙었다.

  메일을 보내고 이틀 후에 답장이 왔다. 답장에는 글을 인상적으로 읽었으며, 기회가 된다면 현수 씨를 '책과 수프'에서 보고 싶다고 적혀 있었다. 그리고 그 답장 끝에 "현수 씨가 이곳에서 현수 씨의 이야기를 마무리하는 걸 보고 싶습니다."라고 쓰여 있었다. 인상적으로 자신의 글을 읽었다는 말에 인사치레겠거니 하는 생각이 들었는데 가게에서 보고 싶다는 주인의 말에는 마음이 움직였다.

  그는 농사로 한창 바쁜 시기였지만 모두 제쳐 두고 서울로 가는 기차에 몸을 실었다. 현수가 서울에서 경산으로 내려온 후로 삼 년 만에 올라가는 서울 길이었다. 창밖으로 보이는 벼들은 황금빛으로 물들어 있었고, 나무들은 낙엽을 떨구고 있었다. 현수는 가을풍경을 보며 지연과 함께 걸었던 낙엽 길을 생각했다. 지연이 꿈이 뭐냐고 물었던 그날도 지금처럼 가을이었다.

***

    선영은 만화 마무리 작업과 평상시의 가게 운영으로 다시 바빠졌다. 그러던 어느 날 이목구비가 뚜렷한 잘생긴 남자가 가게로 들어왔다. 남자는 가게를 사진 찍듯이 여기저기 고개를 돌려 구경했다. 남자의 행색은 이 가게가 초행인 듯 보였지만, 그의 얼굴은 이미 여기 오래전에 방문한 듯한 눈빛과 미소를 띠고 있었다. 그는 테이블에 앉아 선영이 건네준 메뉴를 보고 이미 보고 온 듯한 몸짓으로 수프를 주문했다. 그가 수프를 주문한 후 십여 분이 지나 수프 카레가 그가 앉은 테이블 위에 올라왔다. 그는 수프를 한두 숟가락 떠서 맛을 음미하듯 목 뒤로 넘겼다. 그렇게 수프를 먹던 그는 무언가 생각난 듯 손을 들어 선영을 불렀다. 식사 중에 그녀를 부른 이유는 무엇일까. 그녀는 그가 앉은 곳으로 걸어가며 고개를 갸웃했다. 그의 표정을 보니 음식에 대한 불만은 아닌 듯했다. 그녀는 그에게 다가가서 부탁하실 일이 있냐고 상냥한 얼굴로 물었다. 그는 천천히 조심스럽게 입을 열었다.

    "만화 이야기 응모한 사람인데요. 경산에 하현수라고 하면 기억하시겠습니까?"

    조심스럽게 말하는 그의 목소리에는 경상도 억양이 묻어 나왔다. 경산의 하현수라는 말에 선영은 얼마 전에 받았던 응모 메일이 생각났다. 그는 경산에서 농사를 짓고 있다고 했고, 홋카이도의 수프 카레에 얽힌 추억이 있다고 했었다. 그의 추억 속에 한 페이지로 남은 그 이야기는 담담하고 절절했다. 여행의 시작을 있게 했던 영화 『러브레터』처럼 엇갈리는 인연과 후회와 안타까움이 그의 글에서 느껴졌었다.

"물론이요. 기억해요."

기억한다는 말에 현수는 안도했다.

"글로 다 못 한 이야기도 있어요."

현수는 선영을 보며 말했다. 선영은 남자의 사연이 궁금해졌다. 그래서 그의 이야기를 들어보기로 했다.

"그나저나 여기는 가게 후기에서 봤던 사진으로 보던 것하고 똑같군요."

"현수 씨가 갔던 홋카이도의 그 허름한 식당은 지붕이 있었나요?"

선영은 문득 그가 갔단 식당의 모습이 여기와 어떻게 같고 다른지 물어보고 싶었다.

"질은 갈색 지붕이 있었죠. 그래도 왠지 여기 분위기 때문인지 저한테는 익숙한 느낌이네요."

그는 수프를 먹으면서 대화를 이어갔다. 그는 서울에서 배우로 생활하다가 지금은 고향 경산으로 내려가서 농사를 짓고 있다고 했다. 그의 이야기를 이 자리에서 다 듣기에는 가게가 번잡했다. 선영은 현수에게 가게가 잠깐 쉬는 시간을 알려주었다. 현수는 다시 들르겠다고 하며 먹던 수프를 마저 먹었다.

곧 선영이 현수에게 알려준 시간이 되자, 현수가 가게 문을 열고 들어왔다. 선영은 메밀차를 끓여 잔을 채웠다. 선영은 메밀이 아직 가라앉지 않고 떠 있는 갓 우려낸 차를 현수에게 건넸다. 현수는 차를 마시며 다 못 한 이야기를 이어갔다. 그는 과거 어려웠던 배우 시절 겪었던 일들, 현재 농사짓고 있는 상황 등을 말했다. 현수는 뜨거운 메밀차를 후후 불어가며 한 모금 마셨다. 창밖에는 나뭇잎이 바람에 날려 춤추듯 떨어지고, 새들은 나뭇잎을 쫓듯이 날아다니며 지저귀고 있었다.

현수는 창을 바라보며 방탕하게 지내던 자신을 바꾸어 놓았던 여자, 지연과의 추억을 꺼냈다. 그는 다시 꿈을 꾸게 해준 지연과 이별 여행이 되어버린 홋카이도에서 추억을 이야기했다. 현수는 설경에 눈이 팔려 길을 잃었던 일, 오두막 같은 식당에서 수프를 먹었던 일 등 앨범에 사진을 꺼내어 보여주듯 한 장면씩 꺼내었다. 그렇게 선영은 글에 미처 담지 못했던 속에 고이 담아둔 현수의 이야기들을 들을 수 있었다. 선영은 그가 이야기하다가 식어버린 차를 다시 데우기 위해 자리에서 일어섰다. 그는 그녀의 친절에 감사의 인사를 건넸다. 그리고 그는 다소 걱정 어린 목소리로 물었다.

"제 이야기가 선영 씨 만화에 실릴 수 있을까요?"

선영은 옅은 미소로 조용히 고개를 끄덕였다. 걱정하지 말라고 그녀의 미소가 그에게 말하고 있었다.

2

지연은 카페에서 친구 민주를 기다리면서 커피를 마시고 있었다. 카페는 창밖으로 테라스와 정원이 딸린 잔디밭이 보이는 곳으로 이국적인 분위기가 돋보였다. 그녀는 쓴 커피를 마시며 며칠 전 소개로 만난 남자를 생각했다. 며칠 전 학원 일로 바쁜 그녀에게 결혼 정보 회사로부터 연락이 왔다. 그녀는 그 업체에 일 년 회원으로 가입해 있었다. 이 회사는 서너 달에 한 번씩 만남을 주선했고, 거기서 몇 명의 남자들을 만났다. 그 남자는 일 년간 그녀가 만난 남자 중 최악이었다. 심드렁한 표정으로 지연을 아래위로 훑더니 신상 정보를 캐서 물었다. 그러더니 "학교 가면 부장될 나이인데 임용 시험을 보러 가세요?"라고 말하며 무례의 끝을 보여줬다. 피차 서로 마음에 안 들었다고 해도 사람 간에 지켜야 할

최소한의 예의란 게 있는데 생각할수록 불쾌했다.

학원에서 영어를 가르치는 지연은 매년 습관처럼 임용 시험을 보러 갔다. 사범대에 졸업하면서 치른 첫 번째 임용 시험의 매운맛을 본 이후로 계약직 기간제 교사로 몇 년을 보냈다. 학교에서 아이들을 볼 수 있다면 기간제 교사도 괜찮았다. 하지만 기간제 교사로 학교에 오래 있기는 어려웠다. 계약을 따내지 못해서 한두 해를 날리자 학원 강사로 삶의 방향을 바꾸었다.

어렸을 때부터 교사가 꿈이었고, 기간제 교사로 잠시 있다 가는 학교에서라도 아이들과 어울릴 때가 가장 행복했다. 그리고 학교는 모든 계약직 교사들이 선망하는 메이저 리그였다. 이제는 학원가로 와서 자리를 잡았지만, 지연은 자신을 계약직 기간제 교사로 생각했다. 학교 현장에서 아이들 앞에 서는 건 지연의 오랜 꿈이었다. 그런데 나이를 거기서 언급하며 꿈을 비난하다니 생각할수록 불쾌했다. 그냥 마음에 안 들면 아무 이야기라도 하지 말던가. 이 해소가 안 되는 불쾌감을 어찌할 것인가. 지연은 초콜릿 빙수에 조각 케이크를 추가로 주문했다. 그녀는 쓴 커피를 마시면서 아무래도 위약금을 물더라도 이 회사에 전화해서 탈퇴해야 할 것 같다고 되뇌었다. 어차피 정말 결혼이란 걸 해볼 요량으로 가입한 곳도 아니었다. 그냥 지루한 일상의 탈출구였을 뿐.

결혼 정보 회사는 그녀가 스스로 가입한 것은 아니었다. 이곳은 엄마의 친구분이 운영하는 작은 업체로 회원 확보가 시급했다. 그래서 여러 방면으로 도움의 손길을 요청하던 중에 엄마에게도 요청이 왔다. 지연은 결혼 적령기가 지났지만, 회사로서는 한 명이라도 회원 확보가 시급했다. 정작 지연은 그 결혼이 시급하지는 않았다. 비혼주의는 아니었다. 단지 결혼이라는 목적만 두고 누군가를 급하게 만나야 하는 데에 회의적이었을 뿐. 이렇게 보면 지연이 이 결혼 정부 회사에 자의는 없고 타의로만 가입한 것으로 보이지만, 지연으로서도 약간의 기대는 있었다. 그녀는 학원 일에 쫓기다 보니 새로운 만남을 기대하는 건 어려웠다. 그리고 학원과 집을 오가는 단순 루틴 속에 답답함을 느끼고 있었다. 그나마 이 반복되는 지루한 일상에서 가끔 이렇게 결혼 정보 업체에서 보내주는 소개에 응하거나 오늘처럼 친구를 만나는 것 정도가 답답함을 해소해 줄 수 있는 즐거움이었다. 그리고 이 카페가 있었다.

여기는 개인 카페로 다른 유명 프랜차이즈 카페보다 오히려 더 비싸게 커피를 팔고 있는 고급 카페였다. 하지만 테라스와 정원이 사람들을 흥미를 끌어서인지, 커피 맛이 새로워서인지 몰라도 사람들이 꽤 몰리는 인기를 구가하고 있었다. 그리고 그 손님 중에는 지연도 있었다. 기다리던 초콜릿 빙수가 나왔다고 주문 벨이 울렸다. 지연은 빙수와 조각 케이크를 가지고 자리에 앉았다. 그리고 저 멀리서 친구 민주가 카페 안으로 들어오고 있었다.

"많이 기다렸어?"

"나도 조금 전에 왔어. 네 것도 미리 주문해 놨어. 모카라테 맞지?"

"땡큐, 고마워."

민주는 자리에 앉자마자 라테를 시원하게 들이켰다.

"도대체 무슨 커피를 쓰는 걸까. 항상 먹어도 새로운 맛이야."

모카 향이 입안을 가득 메웠다. 커피 맛을 음미하던 그녀는 눈을 감고 작은 탄성을 내질렀다.

"맞다. 너 며칠 전에 남자 만났다며. 어땠어?"

"그냥, 그래."

퉁명스럽게 대답하는 지연. 민주는 그녀의 대답에서 굳이 그 만남이 어떠했을지 더 물어보지 않아도 알 것 같았다. 그리고 그 만남이 얼마나 별로였는지는 그녀가 테이블 위에 놓아둔 초콜릿 빙수와 조각 케이크를 보니 더 분명하게 확인할 수 있었다. 그녀는 우울한 일이 있을 때면 늘 이 메뉴를 종종 시켜 먹고는 했으니까. 지연이 초콜릿 빙수를 민주 쪽으로 밀어 같이 먹자는 제스처를 보냈다. 민주는 그녀의 우울한 마음을 초콜릿 빙수를 같이 먹는 것으로 위로했다. 초콜릿이 활화산이 분출하듯 흘러내리는 빙수가 빙산이 눈 녹듯이 사라지면서 둘의 대화는 시간 가는 줄 모르고 계속 이어졌다. 늘 하는 레퍼토리처럼 지연은 학원 일에 관한 이야기, 민주는 자신이 치위생사로 일하는 병원 일에 관한 이야기 등 시시콜콜한 일들이 화제로 오갔다. 화제는 곧 다른 친구들 이야기로 이어졌다.

"혜경이 애가 벌써 중학교 들어갔대."

"나도 알아. 인스타에서 봤어."

민주가 친구의 아이가 벌써 이만큼 컸다며 빠르게 흘러가는 시간을 한탄했다. 지연은 쿨하게 "나도 알아."라고 했지만 흘러가는 시간에 허탈한 건 마찬가지였다. 아이들이 커가는 걸 볼 때만큼 시간의 변화를 확실하게 체감하는 일이 또 있을까. 그러고 보니 중고등학교 때부터 보던 친구들도 모두 제각각 흩어지고 여기에 둘만이 남았다. 지연와 민주는 다시 고향 청주로 내려와서 일터를 찾았지만, 다른 친구들은 결혼이나 직장을 찾아 이곳을 떠나갔다.

학교 다닐 때는 다 같이 모여서 놀러 다녔는데 이제는 일 년에 한 번 보는 것도 어려웠다. 친구들 안부는 가끔 인터넷에 올라오는 사진이나 전화로만 확인하게 되는 것이 전부였다. 민주는 지연처럼 내후년이면 서른하고 아홉수를 찍는 나이고 혼자인 처지도 비슷했다. 그래서 지연은 민주와 자주 어울려 지냈다. 민주와는 어릴 때부터 봐서 서로 성격도 잘 알고, 집안 사정이나 속 깊은 이야기도 잘 터놓을 수 있는 사이였다. 다만 요즘에 아무래도 민주한테 남자가 생긴 것 같아 오늘처럼 편하게 불러내기가 점점 어려워지는 것이 내심 아쉬웠다. 정작 민주가 만나는 남자에 관해 물어보면, 그런 사이 아니라고 하지만 그런 사이가 아닌 것 치고는 자주 약속이 잡히는 것 같았다. 둘의 대화는 지연이 사 온 초콜릿 빙수를 접시 바닥이 보일 때까지 먹어 치우고, 조각 케이크를 반 정도 남겨놓고 나서야 끝이 났다. 민주가 핸드폰으로 시간을 확인하고 조금 급하게 일어서려 하자 지연이 넌지시 물었다.

"그 사람 만나러 가는 거야?"

"그냥 서로 심심하니까 시간이나 때우는 거지 뭐. 별로 그렇게 진지한 사이는 아냐."

민주는 샐쭉한 표정을 지으며 일어났다. 말과 표정은 그렇지만 그녀는 퍽 설레 하는 것 같았다. 민주는 지연와 오랜 친구로서 느낄 수 있는 감으로 그렇게 느끼고 있었다.

"진지해도 상관없지, 뭐."

지연은 데이트 약속에 설레지만 안 설레는 척하는 친구의 어깨를 슬쩍 치며 응원했다. 민주는 돌아보며 미안함과 쑥스러움이 담긴 표정으로 웃으며 친구의 응원에 화답했다. 민주는 가게를 나서는 지연의 등을 보며 손을 흔들었다. 민주는 총총거리는 걸음으로 가게를 나갔다. 지연도 민주가 나간 후 뒤를 따라 밖으로 나왔다. 하지만 왠지 지금 바로 집으로 가고 싶은 기분이 들지 않았다.

요즘 지연은 울적할 때면 서점에 들러 책을 한 권씩 사서 보는 습관이 생겼다. 그래서 지금도 그녀는 서점에 들러 책 한 권을 사서 울적한 마음을 달래려고 하고 있었다. 그녀가 주로 고르는 책은 에세이였다. 가끔 시도 사서 보기도 하지만 행간에 비어 있는 의미를 추측하기 어려워서 산문인 에세이를 더 선호했다. 그녀는 에세이 작가들이 평범한 일상을 새롭게 해석하는 재치와 감성을 좋아했다. 서점에 들른 오늘도 그녀는 에세이 코너에서 책을 구경하고 있었다.

그녀는 신간으로 꽂힌 여행 에세이를 하나 집었다. 요즘 그녀는 주로 여행 에세이를 사고 있었다. 오늘 집어 든 여행 에세이는 스페인 벽화 마을을 여행하고 온 작가의 감상이 실린 책이었다. 지연은 교사가 되면 방학 시즌에 국내든 해외든 어디로든 여행을 갈 거라는 꿈이 있었다. 하지만 그 꿈은 실현되지 못했다. 계약직 기간제 교사일 때는 연말에 있을 임용 시험 준비로 바빴고, 학원에서 일하는 지금은 학원 일 특성상 방학이라는 여유를 가질 수 없었다. 보강에 특강까지 잡히면 주말이라도 반납하고 학원으로 가야 했다. 이런 사정에 여행은 꿈도 꿀 수 없었다.

"지연아, 너 밥은 먹고 오니?"

집으로 오니 거실에 불이 환했다. 엄마는 저녁상을 차려놓고 지연을 기다리고 계셨다. 오늘 친구하고 저녁 먹고 오니 먼저 먹으시라고 연락을 드렸는데도 엄마는 항상 이러셨다.

"엄마는, 오늘 친구하고 저녁 먹고 온다고 했잖아요. 왜 안 먹고 계세요."

"조금만 먹으렴. 오늘 밥을 많이 했지 뭐니."

지연은 엄마의 말은 이렇지만, 말과 다른 걸 알았다. 엄마는 혼자 드시기 그러니 밥을 많이 하셨다는 핑계로 기다리고 계셨다. 엄마는 재작년까지 학교에 계셨다. 중학교 영어 선생님으로 정년퇴직하셨고 지금은 집에 계셨다. 엄마는 학교 다닐 때는 일 끝내고 집에 빨리 오고 싶었지만, 은퇴하고 나서 집에만 있으니 학교가 그립다고 하셨다. 부산 출신인 엄마는 대학생 때 부산으로 친구들과 놀러 온 아빠를 만나 연애하고 결혼까지 하셨다. 엄마는 아빠를 따라 청주로 오면서 친구들과 헤어졌다. 그래서 가끔 친구들이 보고 싶다고 하셨다. 아빠는 아파트 경비를 하고 계셨다. 아빠는 야간 업무로 낯선 아파트에서 밤을 보내고 계셨다. '아빠도 없으니 혼자 저녁 드시기 더 적적하셨겠지.' 지연은 엄마와 같은 식탁에 앉아 밥숟가락을 들었다. 아빠는 카센터를 크게 하셨는데 경영이 어려워지면서 결국 폐업하셨다. 잘될 때는 청주에서 세 손가락 안에 드는 카센터 업장이었다. 그때는 지금보다 더 큰 아파트에서 살았다. 그 카센터 덕분에 지연도 서울에 있는 대학에도 가고 캐나다로 어학연수까지 갈 수 있었다. 그런데 지금은 그 카센터 경영이 어려워지면서 카센터를 정리하고 여기 작은 아파트로 이사 올 수밖에 없었다.

지연은 나가서 독립하겠다고 하지만, 그때마다 엄마는 그 돈 모아서 시집가는 데 보태 쓰라고 하셨다. 아빠는 결혼할 때 주려고 모아둔 돈도 없다고 늘 미안해하셨다. 그 결혼 언제 할 수 있을지 모르겠지만. 부모님 노후에 쓰실 돈은 충분하신 건가. 지연은 자신의 통장 잔액을 생각하니 부모님 걱정에 콧등이 시큰해졌다. 지연은 밥을 먹고 방으로 들어왔다. 이 방은 크기가 지연이 초등학생 때 쓰던 작은 방 같다. '동생은 언니하고 같이 방 쓰기 싫다면서 울고 그랬었는데.' 지연은 방을 보며 새삼 어릴 때 여동생과 싸우던 철없던 시절을 떠올렸다. '그렇게 같이 쓰기 싫다고 하더니, 같이 쓰게 될까 봐 그렇게 빨리 결혼하고 가버린 거니.' 지연은 혼자 실없는 농담을 던지고 웃었다. '동생은 잘 지내는 건지. 아이가 초등학교 들어갈 때라는데.' 결혼하고 나서는 동생과도 연락이 뜸해졌다. 복닥거리고 싸울 때는 그렇게 싫었는데 지금은 그 시절마저 아련하기만 했다.

지연은 서점에서 산 여행 에세이를 몇 장 넘겨보다가 책상 위에 던져놓고는 침대 위에 누웠다. 그녀는 책상 뒤에 있는 창문을 보면서 상념에 잠겼다. 그동안 샀던 책들을 세어보았다. 사놓고 아직 읽지 않은 책이 반절이 넘었다. 아무래도 자신은 읽는 것보다 책을 사서 모으는 걸 더 좋아하는 것 같았다.

민주는 지연이 책을 읽는 것보다 사는 데 열심인 걸 알고 "너는 여행하고 싶은 게 아니라 일탈이 하고 싶은 거야."라고 말했다. '나는 정말 일탈이 하고 싶은 걸까?' 그녀는 그동안 살면서 했던 자신의 일탈들을 생각해 보았다. 하나는 고등학교 1학년 때 연애한 것? 연애라고 하기에는 너무 얌전했다. 성당에서 만난 친구였다. 주말에 성당에서 미사를 보고 돌아오는 길에 둘이서 손잡고 청주 시내 몇 번 놀러 다닌 것 말고는 다른 기억이 없었다. '둘 다 그냥 연애하는 기분을 내고 싶었던 게 아닐까.'

두 번째는 대학교 다닐 때 클럽에 놀러 가본 것? 맥주 등을 파는 펍에서 아르바이트를 하다가 친해진 사람들이 있었다. 다들 지연보다 언니뻘 되는 사람들이었고, 이제 갓 스무 살이 된 지연을 귀여워했다. 언니들은 지연보다 여러 가지로 활동적인 사람들이었다. 학과 사람들하고는 전혀 다른 분위기라고 할까. 거기서 지연은 노는 법에 대한 수업 아닌 수업을 받았다. 클럽에 가게 된 건 언니들끼리 지연을 클럽에 부르면 오는지 안 오는지 내기를 했더랬다. 그래서 일없이 학교 기숙사에 있던 지연을 다짜고짜 클럽으로 불러내었다. 언니들은 내기 여부를 떠나 지연이 안 나타날 거로 생각했는데, 예상은 보기 좋게 빗나갔다. 지연이 클럽에 들어온 것이다. 이렇게 막무가내로 부르면 안 나올 것으로 생각했다며, 언니들은 박장대소하며 웃었다. 문제는 불렀으면 클럽은 어떻게 노는지 정도는 가르쳐 줘야 하는데 다들 어디론가 춤추는 인파 속으로 사라져 버렸다는 것이었다.

시끄러운 음악이 흐르는데 지연은 어색하게 엇박자로 고개만 까닥거리며 한참을 그렇게 있었다. 이제 클럽에서 나갈까 하는 마음도 들었는데 이렇게 나가버리면 이거대로 언니들한테 농담거리가 될까 봐 좀 더 머물기로 했다. 그때 새하얀 얼굴의 남자가 지연에게 다가왔다. 큰 키에 다부진 몸, 짧게 자른 머리를 한 그 남자는 뚜렷한 이목구비가 돋보였다. 남자는 흰 치아가 보이도록 웃으며 말을 건넸다.

"여기 처음이죠?"

모르는 남자가 첫눈에 보고 그렇게 말하는 걸 보면 어지간히 처음인 티가 났던 모양이다.

"처음이에요."

지연은 음악 소리를 누르느라 있는 대로 소리를 높여 대답했다. 지연은 처음 남자가 다가와서 말을 걸었을 때부터 직감으로 이 남자와 만나게 될지도 모른다고 느꼈다. 지연은 남자의 이름을 물었다. 남자는 자신의 이름을 하현수라고 했다. 현수는 지연에게 대뜸 "눈이 예뻐요."라고 칭찬했다. 지연은 뜬금없는 그의 칭찬에 당황했다. 하지만 동시에 설레고 있는 자신을 발견했다. 지연은 그렇게 말해주는 현수가 좋았다.

지연은 현수와 헤어지고 몇 년 후였던가, 민주에게 현수에 관해 이야기해 본 적이 있었다. 지연은 현수와 왜 더 오래 만나지 못했는지 물었다. 딱히 대답을 듣고 싶어서 물었던 건 아닌데 민주는 헤어질 사이였다고 말했다.

"서로 사는 세계가 다르잖아. 쉽게 말해서 걔는 날라리 너는 모범생. 둘은 이루어지기 어려운 관계야. 물과 기름 같은 거지."

'정말 사는 세계가 달라서 헤어졌던 걸까.' 지연은 현수와 헤어지고 나서 한동안 그가 그리워질 때 인터넷에서 그의 흔적을 찾았다. 배우 지망생은 자신의 프로필을 스스로 잘 만들어야 한다면서 인스타그램에 자신의 사진을 종종 올렸다. 그런데 어느 순간부터인지 인스타그램에 사진이 잘 올라오지 않았다. 대신 그를 보려면 그가 속한 극단이 운영하는 공식 계정으로 가서 봐야 했다. 그곳에 현수는 지연도 모르는 사람들과 어울려 즐거운 한때를 보내고 있었다. 그사이에 자신이 낄 자리는 없어 보였다. 그 뒤로 지연도 자신의 생활로 차츰 바빠지면서 그의 흔적을 인터넷에서 찾는 일도 점점 없어지게 되었다.

그 후 현수 이외에 다른 몇몇 남자들과 만남이 있긴 했다. 하지만 그렇게 오래 가지는 못했다. 오늘 지연이 현수를 떠올린 건 일탈에 대한 상념이 부른 나비효과였다. 지연은 예전에 현수와 헤어지고 나서 그랬듯이 인터넷에서 그의 흔적을 찾아보았다. 인스타그램에 그의 개인 계정은 여전히 살아 있었다. 그런데 안 찾아본 지 오래돼서인지 그의 사진은 좀 달라 보였다. 백설기처럼 하얗던 얼굴이 일광욕한 것처럼 조금 그을렸다. 그리고 패션도 좀 더 자유로운 티셔츠 차림이라고 할까. 새로운 사진도 몇 장 있었다. 그가 포도를 따고 있는 사진이었다. 포도라니. 지연은 현수에게 그의 집이 포도 농사를 짓고 있다는 말을 들은 기억이 있었다. '집에 아버지 혼자 농사지으신다고 했었는데.' 아마도 농사일을 돕고 있는 모습을 찍은 것 같았다. 농사일은 죽어도 싫다고 했던 현수였다. 시간이 흐른 만큼 그도 변한 걸까. 사진 밑에는 그가 쓴 글이 몇 자 적혀 있었다.

농부로서 새로운 삶을 살고 있습니다. 경산의 아들 하현수.

지연은 그가 적은 글을 보니 뭉클해졌다. 그제야 왜 그의 얼굴이 그을렸는지 알게 되었다. 그는 배우의 꿈을 접고 농사를 지으며 농부로 살기로 한 것이다. 지연은 그가 얼마나 배우가 되려고 진심으로 노력했는지 기억하고 있었다. 그런데 그는 그 모든 걸 내려놓은 것이다. 사진 속 그의 탄 얼굴을 보니 지연은 가슴이 먹먹해졌다.

포도를 따는 현수의 사진 옆에는 다른 새로운 사진들도 있었는데, 살펴보니 만화책이었다. 책의 내용도 사진으로 올라와 있어서 만화를 읽어볼 수도 있었다. 만화에서는 현수가 지연과 함께 홋카이도를 여행했던 날을 추억하는 모습이 그려져 있었다. 홋카이도에서 온통 눈이 내려 눈밖에 안 보이던 눈밭을 헤매던 모습, 그리고 그렇게 낯선 나라에 낯선 땅에서 길을 잃어 헤매다가 오두막 같은 식당을 발견해서 찾아갔던 일, 그곳에서 인심 좋은 아주머니가 주는 수프 카레를 먹은 일 등이 그려져 있었다. 그리고 지금은 없어진 그 식당을 우연히 찾은 북카페에서 추억하는 모습이 마지막으로 나오며 만화의 이야기는 끝이 났다.

지연은 오래전 그와 함께 갔던 홋카이도 여행을 기억 깊은 곳에서 꺼냈다. 기억은 흐릿한 것도 있었지만, 어제 본 것처럼 생생한 기억도 있었다. 모든 기억이 마음을 아리게 했다. 홋카이도 여행은 지연한테도 특별했다. 지연이 캐나다로 떠나기 전에 그와 함께 갔던 여행이었다. 그건 현수와 만남 중에 했던 크고 작은 여행 중에서 가장 아름다웠던 여행이었다. 그리고 그 여행은 그와 함께했던 마지막 여행이었다. 만화에서 현수는 아름다운 추억이지만 그날을 떠올릴 사진 하나 남아 있지 않다고 했다. 그리고 지금도 그날을 추억하면서 그녀를 그리워하고 있다고 말했다. 만화가 전해준 현수의 마음이 지연에게 닿았다. 지연의 눈가는 어느새 촉촉해져 있었다. 그녀는 인스타그램에 올라온 현수의 새로운 사진에 살며시 하트를 눌렀다. 하얀 하트가 빨갛게 물들었다. 지연은 그날 닫아놓았던 자신의 인스타 계정을 다시 열었다.

주말은 대개의 사람에게 평일 내내 일하느라 쌓인 피로를 풀고 자유를 만끽하는 날이다. 하지만 북카페를 운영하는 선영에게 주말은 일주일 중 가장 바쁜 날이었다. 주말이면 자유를 즐기러 오는 많은 사람이 여기를 방문했다. 사람들은 피로를 풀기 위해 밖을 나와 자신들 만의 휴식처를 찾아갔다. 그리고 '책과 수프'도 그 휴식처 중의 하나였다.

평상시와 같은 바쁜 주말. 선영은 수프를 끓이고 서빙을 하며 바쁘게 가게를 누볐다. 어느 한 손님에게 눈길을 주기에는 여유가 없었다. 그런데 그런 와중에서도 선영은 한 테이블에 앉은 커플에게 만은 눈길을 주지 않을 수 없었다. 이 커플은 주말에 이곳을 오기 위해 예약을 한 손님들이었다. 그리고 가장 멀리서 찾아온 손님들이기도 했다. 테이블에 앉은 커플은 서로를 애틋한 눈길로 바라보고 있었다. 여자는 한 손으로 남자의 볼을 어루만졌다. 그리고 남자는 자신의 볼에 닿은 여자의 손을 잡고 그녀를 지긋이 바라보았다. 선영이 보기에 둘 사이에 말은 많지 않았다. 하지만 서로의 눈빛이 그 많은 말을 대신하고 있는 것 같았다. 두 사람이 앉은 테이블 위에는 수프 카레 두 접시와 두 사람이 나란히 찍힌 폴라로이드 사진이 놓여 있었다.

바람의 멜로디

1

정아는 저녁 영업을 시작하기 전 브레이크타임에 가게를 들렀다. 보통은 그녀가 시간에 여유가 있고 내킬 때 가게에 들르는 게 일상적이지만, 오늘은 선영의 급한 연락을 받고 가게로 달려왔다. 선영은 요즘 무슨 바람이 불었는지 가게 인테리어, 수프의 맛, 가게 상태 등 여러 가지를 부쩍 신경 쓰고 있었다. 선영은 정아에게 인테리어 소품 몇 가지를 들여왔는데 어떤지 와서 봐달라고 부탁했다. 정아는 새 소품들을 둘러보다가 새 소품 중에서 제일 눈에 띄는 주크박스를 발견했다.

"언니, 이거 동전 넣으면 정말 노래도 나와요?"

"나오지. 노래가 안 나오면 의미가 없지 않겠어?"

"재주도 좋아. 이런 건 어디서 구하는 거예요."

정아는 동전을 넣고 주크박스에서 버튼을 눌러 노래를 하나 틀었다. 누구 노래인지는 모르지만 흥겨운 팝송이 흘러나왔다. 노래가 금세 정적이 흐르던 가게를 노래로 꽉 채웠다. 흥겨운 노랫가락에 맞춰 리듬을 타던 정아가 무심코 가게 부엌으로 고개를 돌렸다. 정아는 부엌에서 나오는 선영과 눈이 마주치고는 박장대소했다. 선영이 파란 물방울무늬의 수건을 머리에 두르고 나오고 있었다. 선영은 웃는 정아를 보고는 민망했는지 손을 흔들며 웃지 말라고 타박했다. 하지만 정아는 아랑곳하지 않고 배를 잡고 웃었다.

"머리에 그건 도대체 뭐예요?"

"머리 두건. 디자인 별로야?"

"촌스러워요. 그건 아니다. 정말."

선영은 가게 유니폼으로 구매한 두건이 어떤지 정아에게 물어볼 참이었다. 그런데 두건을 두른 모습을 보자마자 웃는 걸 보고는 유니폼으로 쓸 거라는 말은 차마 하지 못했다. 선영은 이 두건을 유니폼으로 쓰는 건 그만두어야겠다고 속으로 생각했다.

"요즘 부쩍 이렇게 날마다 새로운 시도를 하는 이유가 뭐예요?"

정아는 작심한 듯 물었다. 그동안 이 질문을 몇 번이고 했지만, 선영은 새로 단장하려고 하는 거라는 말만 하며 얼버무리기만 했다. 정아가 짐작하기로는 선영이 『꿈꾸는 책과 수프』 북토크를 앞두고 가게를 새롭게 단장하려고 하는 것 같았다. 선영은 "내가 저자로 북토크에 나온다고 해서 새로 가게를 꾸미거나 하지는 않을 거야. 그러면 너무 속 보이잖아."라고 입버릇처럼 했지만 아무래도 신경을 쓰고 있는 것처럼 보였다. 그래서 "언니, 솔직하게 말해요. 북토크 한다고 이렇게 꾸미는 거죠?"라고 물어보면 절대 아니라고 손사래를 치며 부정했다. 정아는 정말 그게 아니라면 왜 이렇게 새롭게 가게를 단장하는지 오늘만큼은 그 의미를 꼭 알아야겠다고 생각했다.

"사실 신경 쓰이는 손님이 있어서 말이야."

선영은 두건을 아무렇게나 접어 구겨 넣듯이 앞치마 품에 넣더니 책 진열대로 걸음을 옮기며 말했다. 정아는 선영을 도우려고 진열대로 걸어갔다. 선영은 혼자서도 충분하다는 제스처를 보내며 어디든 편하게 앉아 있으라는 제스처를 보냈다.

"네? 손님 한 명 때문에 이렇게 애쓴다는 거예요?"

정아는 아무래도 선영의 엉뚱함이 나타난 걸로 보였다. 이번은 또 무슨 일로 사단을 벌일 작정인지 궁금했다. 장아가 보기에 선영은 즉흥적이고 감성적이라 가게 운영보다는 만화가가 더 어울려 보였다. 그랬기에 선영이 북카페를 한다고 했을 때 무척 놀랐었다. 차분하고 웬만한 일에도 놀라지 않는 오빠가 옆에 있었기에 그나마 안심했었다. 그런데 오빠가 없으니 이런 언니를 말려줄 사람이 없었다.

"잠시 왔다 가는 손님도 그냥 보내고 싶지 않아. 단골이든 아니든 여기에 온 손님은 모두 이곳과 인연을 맺고 가는 거야."

선영은 짐짓 눈을 흘기는 정아를 보고 진심인 듯 변명인 듯 자신의 철학을 설명했다.

"그래도 그 두건에다, 주크박스는 과해요. 이건 뭐라고 할까 스케일이 너무 크잖아요."

정아는 선영이 잠시 들르는 손님의 취향마저도 놓치지 않고 맞추어 주려고 노력한다는 사실을 모르지 않았다. 선영은 가게를 열면서 손님 한 명 한 명에게 모두 감동을 주는 그런 장소로 만들고 싶다고 말했었다.

정아의 머릿속에 문득 선영이 그동안 손님 한 명도 그냥 스쳐 보내지 않으려고 애썼던 일들이 생각났다. 창고에 있어야 할 책을 그 책에 추억을 가진 손님이 있다면서 다시 꺼내놓았던 일, 절판되어서 구하기 어려운 책을 구하려고 헌책방을 수소문해서 구해놓았던 일 등 그런 일들은 차고 넘쳤다. 하지만 정아가 보기에는 이런 노력이 이따금 엉뚱하게 느껴질 때도 있었다. 그리고 지금은 그 엉뚱함이 어느 때보다 과하게 느껴졌다.

"음. 이 언니 또 왜 이러나 싶은 거지?"

선영은 동그랗게 커진 눈으로 가게를 두리번거리고 있는 정아를 보며 말했다.

"좀 그래요. 언니."

"주크박스는 사려고 했던 거야. 계획보다 좀 더 빨리 샀을 뿐인 거고. 두건 말고는 이상할 게 없는데?"

정아는 엉뚱하지 않다고 변명하듯 열심히 자신을 변호하는 선영을 보고 고개를 저었다. 선영의 변호는 여전히 설득력이 없었다.

그렇지만 그런 엉뚱함이 정우 오빠 혼자 운영하던 가게에 활력을 불어넣어 주었던 건 부인할 수 없는 사실이긴 했다. 이상은 훌륭했지만 그런 이상을 구현하는 데는 서툴렀던 오빠에게 선영은 참신한 아이디어를 제안해 가게를 바꾸었다. 선영이 '책과 수프'에 참여함으로써 이 북카페는 비로소 양 날개를 달게 되었다. 지금은 비록 다시 날개 하나만 달린 채지만. 그래도 이 정도면 선영이 혼자서도 가게를 잘 꾸려가고 있다는 생각이 들었다. 황당한 얼굴로 가게를 둘러보던 정아는 어느덧 흐뭇한 미소를 띠고 있었다.

정아의 눈이 책 진열대 어딘가에 있는 선영에게 멈췄다. 선영은 책 진열대 선반 위 꼭대기에 늘어놓은 소품들을 정리하려고 의자를 놓고 올라가서 끙끙대고 있었다. 그런 선영을 보자 오빠 정우가 떠올랐다. 키가 컸던 오빠 정우가 의자 위에 올라가면 이런 선반 꼭대기쯤은 고개 아래에 있었다. 그래서 이런 일은 거저 식은 죽 먹듯이 했었다. 그런데 오빠보다 키 작은 선영 언니가 이렇게 끙끙대는 걸 보니 오빠가 생각나 코가 시큰해졌다. '오빠 빈자리는 어쩔 수 없구나.' 정아는 그렇게 중얼거리며 자리에 앉았다.

선영이 책 진열대 꼭대기에 소품 정리를 얼추 마치고 의자에서 내려왔다. 그녀는 앞치마에 손을 탈탈 털고는 정아가 앉아 있는 테이블로 가서 의자에 앉으며 말했다.

"그 손님은 특별한 손님이라서 말이야."

"에이, 언니가 그동안 말한 특별한 손님들을 줄 세우면 가게 밖까지 세워야 할걸요?"

선영은 정아의 농담을 무심하게 넘기고 계속 말을 이었다.

"미슐랭 스타 알지?"

"알죠. 갑자기 그건 왜요? 혹시 그 손님이 미슐랭 스타 매기는 손님?"

"이 주변에 미슐랭 스타 심사 요원이 자주 출현한다고 하더라. 골목 나와서 편의점 있는 큰길가에 약국 알지? 그 옆에 스테이크 레스토랑 있잖아. 거기가 미슐랭 별 하나를 받았다는 거야. 그 요원이 우리 가게에도 오는 거 같아. 내가 심사 요원으로 의심되는 손님을 발견했거든. 보라색 코트에 선글라스 낀 손님인데 패션이 장난이 아냐."

선영은 격앙된 어조로 그 손님에 관한 이야기를 이것저것 정아에게 풀어놓았다. 선영은 패션 말고도 미슐랭 스타를 매기는 요원으로 의심되는 정황들을 늘어놓았다. TV에 나오는 심사위원들이 맛을 평가하듯이 천천히 음미하듯이 먹는 모습이라든가, 수프의 재료의 성분이나 효과, 칼로리 등을 물어보던 것이나, 올 때마다 다른 음식을 시키고 사진을 여러 장 찍어간다든가 등 선영이 보고 겪은 여러 가지 일들을 남김없이 말했다.

"잠깐만요. 하하하핫. 그럼 언니가 기다리는 손님은 미슐랭 비밀 요원인 거예요?"

정아는 선영의 말을 듣고 터져 나오는 웃음을 누르지 못하고 배를 잡고 웃었다. 정아는 또 으레 그랬듯 선영의 눈에 밟히는 어떤 손님을 위해 이벤트를 벌이는 거라고 여기고 있었다. 그런데 유명해지고 싶어서 그 정체 모를 요원을 기다렸던 거라고 하니 웃음이 나왔다.

"너무 웃는다. 그만 좀 웃어."

선영이 웃음을 멈출 줄 모르는 정아를 보며 핀잔을 줬다. 정아는 겨우 웃음 멈추고 선영의 말에 다시 귀 기울였다. 선영은 정아가 웃음을 멈추자 그 정체 모를 비밀 요원에 대한 설명을 이어갔다. 설명을 듣고 있으니 정아도 그 손님에 호기심이 생겼다.

"그런데 미슐랭 요원이라면 좀 더 비밀스럽게 맛을 보고 가지 않겠어요? 보란 듯이 그렇게 눈에 띄는 옷을 입고 오지는 않을 것 같거든요."

정아는 미슐랭 심사 요원에 관해 들은 정보는 없지만, 자신의 상식으로 보건대 심사 요원이라면 광고하듯 요란하게 차려입지 않을 것으로 보였다.

"글쎄 내가 들었던 미슐랭 심사 요원하고 패션의 스타일이 비슷해서 말이야. 여하튼 그분은 인테리어도 음식 맛의 일부라고 여긴데. 이건 나도 동의하는 부분이거든."

선영은 풍문에 등장하는 미슐랭 스타 심사 요원의 인상착의와 가게에 등장하는 손님의 인상착의가 얼마나 비슷한지 읊었다.

"그럼, 그 손님은 언제 주로 온대요?"

"그게 언제 주로 들르는 손님이라고 말하기가 애매해."

선영이 시계를 보니 저녁 영업 시작할 시간이 다 되었다. 선영은 일어서서 문 앞에 두는 팻말을 밖으로 옮겼다. 정아도 옆에서 가게 영업 준비를 도왔다. 저녁 손님 받을 준비를 끝내고 기다린 지 수분이 채 안 지났을 때였다. 첫 손님이 들어왔다. 그 손님은 아니나 다를까 선영이 요즘 그렇게도 신경 쓰이던 보라색 코트의 여자 손님이었다. 선영은 옆에 정아에게 귀엣말로 자신이 말한 손님이 바로 저 손님이라고 말했다. 정아는 손님의 얼굴을 보니 어디선가 본 듯한 느낌이 들었다. 그런데 어디서 봤는지 생각이 잘 나지 않았다. 선영은 다소 긴장한 자세로 손님이 앉은 테이블로 주문을 받으러 갔다. 손님은 새로 들여놓은 주크박스를 흥미로운 눈으로 보고 있었다. 선영은 내심 손님이 주크박스에 관심을 보이자 가져다 놓기를 잘했다고 생각했다.

'소품들 신경을 좀 더 썼는데 효과가 있는걸.' 선영은 보라색 코트의 손님에게 다가갔다. 선영이 메뉴판을 건넸다. 여자 손님은 메뉴를 보더니, 수프 하나를 골랐다. 손님이 고른 수프는 아라시트루이라고 하는 프랑스 호박 수프였다. 손님은 설명에 적힌 재료나 효능 등을 꼼꼼하게 물었다. 수프가 설명대로인지 확인하는 것 같았다.

선영이 진땀이 나는 걸 느끼며 열심히 설명했다. 다행히 손님은 선영의 설명이 마음에 든 눈치였다. 손님은 대뜸 가방에서 책 두 권을 꺼내 테이블에 올려놓았다.

"이 만화 그리신 작가님이시죠? 실례가 안 된다면 사인 좀 부탁해도 될까요."

여자 손님의 말투는 점잖았고 목소리는 약간 허스키한 느낌이 있었다. 선영은 손님이 테이블 위에 올려놓은 만화책을 보았다. 자신이 그린 만화였다. 한 권은 선영이 처음으로 출간한 만화로 그녀의 데뷔작이었고 다른 한 권은 최근에 블로그에 연재하던 만화를 책으로 엮어 출판한 신간이었다. 선영이 자리로 펜을 가지고 와서 사인했다.

"친구가 팬이에요."

선영이 흔쾌히 자신이 그린 만화책 두 권의 속표지에 사인하고 손님에게 책을 넘겨주었다.

"호박 수프는 포장해서 가져가고 싶은데 나중에 포장해 줄 수 있을까요? 친구가 먹을 거라서요."

"그럼요. 수프 다 드실 때쯤에 맞춰서 가져가실 수 있게 조리해 놓을게요."

선영은 신이 나서 평소보다 두 톤 높은 목소리로 대답했다. 이 손님이 미슐랭 스타를 매기는 손님이라면 매우 흡족하게 수프를 먹었음에 틀림이 없었다. 그렇지 않고서는 친구에게까지 가져갈 수프를 주문하지는 않을 테니까. 게다가 그 친구는 사인까지 받아 갈 정도로 자신의 책을 좋아해 주는 팬이라니 작가로서 기쁘기까지 했다.

선영이 미슐랭 스타를 매기는 비밀 요원으로 여기고 있는 이 손님은 안타깝게도 미슐랭과는 억만년 거리가 먼 사람이었다. 손님은 본명인 박해령보다 베리로 더 알려진 가수였다. 엄밀히 말하면 이제는 가수는 은퇴했으니 전이라고 말해야 하지만. 해령은 십여 년 전 선영이 만화로 데뷔해서 만화 작가로서 사람들에게 이름이 알려지던 시기에 록 밴드 소속 가수로 데뷔했다. 그룹 이름은 '원더랜드'. 당시에 데뷔했던 어떤 가수들보다 뜨거운 반응을 몰고 온 그룹이었다. 5인조 여성 가수로 이루어진 원더랜드는 모두가 악기를 다루고 노래하는 실력파 그룹이었다. 그 당시도 군무로 춤을 추며 노래하는 그룹형 아이돌이 대세였던 음악 시장이었다. 그런 시장에서 실력파 록 밴드 콘셉트의 원더랜드는 신선했다.

색다른 시도는 때로는 무모한 도전에 그치지만 원더랜드는 성공했다. 그 성공이 가요계를 휩쓰는 광풍 같은 인기는 아니었지만, 어느 곳에서나 원더랜드의 노래가 들렸고, 드라마와 영화에 원더랜드의 노래가 배경으로 깔렸으며, 몇몇 노래들은 십여 년이 지나고 있는 지금도 사람들의 노래방 애창곡이 되어 사랑받고 있었다. 다만 진짜 팬들을 제외한 일반 대중들은 원더랜드의 멤버들의 면면

들은 잘 모르고 샌디와 나머지 아이들 정도로 알고 있었다. 샌디는 그룹에서 최연소지만 어느 멤버도 따라올 수 없을 만큼 독보적인 카리스마와 실력을 갖추고 있었다. 그래서 노래는 주로 리드 보컬을 맡은 샌디가 불렀고 자연스럽게 대중들은 샌디만 기억했다.

 대중들은 샌디를 각별하게 여기며 사랑했다. 샌디는 가녀리지만, 마이크만 잡으면 카리스마 있는 목소리와 퍼포먼스로 대중들을 압도했다. 낮고 잔잔한 저음으로 나지막이 부르는 노랫가락은 선선한 바람이 뺨에 스치는 듯했고, 작은 체구에서 나올 소리라고 믿기지 않게 높게 지르는 고음은 얼음 바닥을 깨트리듯 사정없이 내려치는 폭포 같았다. 샌디는 스타였고 높은 하늘에 떠서 빛을 발하는 별 그 자체였다. 샌디의 이런 스타성은 다분히 그녀의 엄마였던 전설적인 가수 고미로부터 물려받았다. 한때 천재라고 불렸던 고미는 그녀의 생애 중 삼십 대를 다 못 채우고 세상을 떠났다. 세상 풍파에 휩쓸리고 상처받고 좌절한 천재들이 종종 그러하듯이 고미는 스스로 세상을 등졌다. 사람들은 고미를 닮은 샌디를 볼 때마다 그녀를 기억하며 그리워했다.

 샌디와 아이들에서 아이 중 한 명을 맡았던 해령은 이곳에서 마저 그 비인기를 새삼 확인하게 될 것 같은 불길한 예감이 들고 있었다. 자신이 가게에 올 때마다 무언가 수선스러운 반응을 보이며 기대가 어린 눈길을 보내지만, 거기에 그치는 걸로 봐서는 자신을 원더랜드의 베리가 아니라 다른 누군가로 착각하는 듯한 느낌을 받았다. 사인을 받고 싶다거나 하는 행동은 전혀 보이지 않는 걸로 봐서 전 베리 현 박해령의 불길한 예감은 맞아서 떨어져 가고 있었다. 그 예감은 가게 주인이자 방금 만화에 사인해 준 작가인 여자가 쿠키 몇 조각을 가지고 다가와서 건넨 한마디로 적중해 버렸다.

"음식에 조예가 있으신 분 같아요. 혹시 어디 음식 평론가 아니신가요?"

"아니요. 전혀요. 오히려 음식하고는 제가 친해지고 싶네요."

해령의 표정을 보니 실망한 기색이 역력했다. 해령은 여자가 자신을 음식 평론가로 여기던 걸 전혀 몰랐다. 베리를 알아보는 드문 팬으로 여겼던 자신이 부끄러워졌다.

해령은 원더랜드 활동 때 보라색 옷을 즐겨 입고 이름도 블루베리에서 따와서 베리로 활동했었다. 그래서 지금도 주로 보라색 옷을 입었다. 여기 올 때도 내심 베리를 떠올리고 자신을 알아봐 주었으면 하는 바람으로 보라색 코트를 입고 왔던 것이었다. 어쨌든 해령은 이 가게는 자신의 인기 없음만을 한 번 더 확인하게 해주었다. 그런데 실망한 쪽은 선영도 마찬가지였다. 손님이 방금 말 한마디로 미슐랭 스타 심사 요원이라고 확신했던 믿음이 틀린 것으로 밝혀졌기 때문이다. 두 사람은 말없이 실망의 눈빛을 교환했다. 잠시 어색한 정적이 흐르고 선영은 정적을 수습하듯 적당한 미소를 흘리며 서비스로 쿠키를 드리니 맛있게 드시기를 바란다고 말하며 자리를 떠났다.

해령은 수프를 먹고 나서 계산대에 있는 카드기에 카드를 꽂았다. 그리고 옆에서는 선영이 프랑스 전통 호박 수프 아라시트루이를 포장하고 있었다. 해령은 그냥 계산만 하고 가려다가 문득 선영이 아까 자신을 음식 평론가로 추측했던 이유가 궁금해졌다.

"왜 저를 음식 평론가로 생각하셨던 건가요?"

"패션도 그렇고 일반인 같지 않은 느낌이었거든요. 그리고 수프 재료나 효과 같은 것에 관심을 가지고 물어보시는 걸 보고 음식 전문가라고 추측했어요. 그런 그것까지 물어보는 손님들은 없거든요."

해령은 이제 왜 자신을 음식 평론가로 착각했는지 이유를 이해했다. 해령은 다이어트 중이어서 식단 조절로 음식을 까다롭게 먹는 중이었고, 수프는 몸이 안 좋은 샌디에게 줄 거라서 이것저것 물어봤던 것이었다.

선영이 포장을 마친 수프를 해령에게 건넸다. 선영은 손님이 미슐랭 스타를 심사하는 비밀 요원으로 알았다는 말은 하지 않았다. 그런데 정아가 불쑥 끼어들어 장난스러운 표정을 지으며 말했다.

"언니 그냥 음식 평론가가 아니었잖아요. 미슐랭 스타 심사 요원일 거라고 하지 않았어요?"

선영이 헛기침하며 모르는 일이라는 듯 고개를 저었다. 정아는 몸 둘 바를 모르는 선영을 못 본 체하고는 선영이 어떻게 해령을 오해했는지 낱낱이 말했다.

"하하하. 듣고 보니 그렇게 오해할 만도 했군요. 저 때문에 오해하신 거 같아서 미안하네요."

내막을 들은 해령은 상황이 재미있어 자신도 웃을 수밖에 없었다. 해령은 요리는 젬병인 자신이 미슐랭 스타를 심사하는 요원이라니 해령을 아는 주위 사람들이 보면 코웃음을 쳤을 거였다. 자신을 오해해서 미슐랭 스타를 받기를 학수고대했을 선영을 생각하니 웃음이 터져 나왔다.

"미슐랭 스타 심사하는 분이 아닌 것 알겠어요. 그럼 무슨 일을 하시는 분이세요?"

정아가 물었다. 해령은 뭐라고 답해야 할지 잠시 망설였다. 여기서 자기 입으로 원더랜드의 베리라고 밝히려니 살짝 자존심이 상했다. 그래서 해령은 그냥 적당히 둘러대기로 했다.

"노래 가르쳐요."

"보컬 트레이너 그런 일이신가 봐요."

"뭐, 그렇다고 해두죠."

해령이 멋쩍게 웃었다. 그리고 포장한 수프를 들고 가게를 나섰다. 가게 근처에 주차한 노란색 미니 쿠퍼에 문을 열고 수프를 조수석에 놔두었다. 차에 시동을 걸어 차가 향하는 곳은 샌디의 집이었다. 해령은 샌디의 전담 프로듀서 겸 매니저로 일을 바꾸면서 제일 먼저 한 일은 자신의 차를 노란색으로 다시 색칠한 일이었다. 새 일을 맡으면서 새롭게 출발하고 싶어 하는 마음도 있었고, 노란색은 샌디를 상징하는 색이라는 이유도 있었다. 샌디도 해령의 노란색 미니 쿠퍼에 타게 되는 일이 많아지면서 왠지 회사에서는 샌디의 차로 통용되는 분위기가 되었다.

혜령은 이 가게에 단골이 되어가고 있었다. 요즘 서른이 넘어가면서 나잇살이 붙은 건지 운동을 해도 살이 잘 붙어 고민이었다. 그래서 식단도 가려가면서 먹고 있었다. 그룹 활동을 그만두고 가수 매니지먼트와 기획, 제작 쪽으로 일을 바꾸면서 적어도 식단 관리는 안 해도 되겠다고 좋아했었다. 그런데 이제 시작한 작은 소속사에 얼굴마담 격으로 여기저기 인터뷰할 일이 생기고 사진도 찍히면서 어느 정도는 이미지 관리 차원에서 몸을 가꾸어야 할 필요가 생겼다. 그래서 몸에 좋은 음식을 찾다가 알게 된 가게가 '책과 수프'였다.

몇 주 전 해령은 샌디에게 살이 잘 붙는 체질 때문에 다이어트가 잘 안된다고 고민 아닌 고민을 토로한 적이 있었다. 그때 샌디가 이 가게를 추천했다. 그 후로 해령은 이 가게를 찾게 되었다. 오늘 포장한 호박 수프 아라시트루이는 샌디를 위한 수프였다.

"아영아, 먹을 거 사 왔어. 나와볼래?"

해령은 샌디의 집에 올 때만큼은 샌디 대신 본명인 아영으로 불렀다. 여기서 만큼은 샌디가 아니라 아영으로 부르고 싶었다. 해령의 목소리를 듣고 불도 안 켜진 방 어딘가에서 부스럭거리는 사람의 인기척이 들렸다. 샌디였다. 샌디는 해령의 목소리를 듣고 겨우 이불을 젖히고 몸을 움직였다. 몇 달째 샌디는 이런 상태였다. 샌디는 원더랜드로 활동할 때부터 감정 기복이 무척 심해 조울증으로 의심되는 증상이 있었다. 병원에서는 조울증까지는 아니라고 했지만, 심리적으로 위험한 경계에 있다고 했다. 병명이 뭐가 되었든, 짙은 우울의 그림자가 샌디에게 드리워 있는 건 분명했다.

샌디, 아니 아영의 우울한 그림자는 엄마 고미가 세상을 등졌을 때부터 드리우기 시작되었다. 할머니가 와서 이제 겨우 일곱 살 먹은 아영을 돌봐주었다. 하지만 아영의 외로움을 조금 덜어주었을 뿐 크게 도움이 되지 못했다. 아영이 샌디가 되어 원더랜드에서 활동할 때도 병적인 우울감은 나아지지 않았다. 샌디는 약을 먹으면서 활동했다. 약이 증상을 어느 정도는 낮춰주는 듯했다. 그런데 근래에 힘든 일이 생기면서 증상도 심해지고 공황장애에 섭식장애까지 왔다.

"뭘 사 온 거야?"

샌디가 거의 기어가며 지친 몸을 질질 끌다시피 나와 거실에서 해령을 맞았다. 부스스한 머리에 풀린 눈동자를 보니 오늘도 온종일 침대에만 있다가 나온 것이 분명했다. 식탁에 널브러져 있는 죽 그릇을 보니 겨우 한 그릇으로 하루 식사를 때운 것으로 보였다.

"호박 수프야. 이건 입에 맞을지도 몰라서 사 왔어."

"수프구나."

"아라시트 뭐라고 하던데. 프랑스 호박 수프래. 기운 북돋아 주는

데 좋대."

샌디는 숟가락으로 수프를 떠서 한 입 먹으려다 멈칫하고는 해령을 똑바로 바라보며 말했다.

"어디서 사 왔어?"

"네가 추천해 준 가게에서 샀어. '책과 수프'라고 수프 가게."

"아. 아. 거기는 휴…."

샌디는 숟가락을 놓고는 한숨을 쉬었다. 샌디는 근래 겪은 힘든 일로 심신이 무너진 후에 식음을 전폐하고 집에 자신을 스스로 가두어 버렸다. 그런 샌디가 겨우 마음을 모두 놓지 않고 버티게 해준 건 책들이었다. 해령은 아무것도 하지 않고 멍하게 샌디에게 책을 선물했다. 해령이 책을 선물한 건 책을 읽으려면 손이라도 움직일 테니 샌디에게 좋을 거라는 생각에서였다. 다행히 샌디는 책 읽는 데는 재미를 붙인 것 같았다. 샌디의 방에는 책상이나 침대 위에 항상 책이 펼쳐져 있었다. 해령은 몸에 좋은 음식을 고르듯이 샌디의 지친 마음을 풀어줄 책들을 골라서 선물했다. 그중에는 선영이 그린 만화도 있었다. 샌디는 여러 책을 읽었지만, 그중에서 선영의 만화가 꽤 마음에 들었다. 그래서 샌디는 그 만화에 나오는 가게를 해령에게도 추천했던 것이었다. 그런데 정작 샌디는 아직 그 가게에 아직 가본 적도 없고 가게에서 나오는 수프를 먹어본 적도 없었다. 사실 누구보다 먹고 싶었다. 하지만 섭식장애로 음식을 못 넘기는 데 이 수프를 못 먹는다는 걸 알게 되면, 그런 자기가 더 싫어질 것 같아서 먹을 시도를 하지 않았다.

샌디는 만화에서 사람들이 수프를 먹고 지친 마음을 녹이고 따뜻한 기억을 가진 채로 가게를 떠나는 걸 보았다. 그걸 보면 샌디도 조금은 마음이 위로받는 느낌을 받았다. 그런데 정작 그 수프를 자신은 못 먹는다는 걸 알게 되면 슬플 것 같았다. 그런데 오늘은 해령이 자신이 부탁하지도 않았는데 만화에 나오는 그 가게에서 수프를 사 온 것이었다.

"이걸 내가 먹을 수 있을 것 같아? 왜 사 온 거야."

샌디는 원망스러운 눈으로 해령을 쳐다보며 쏘아붙이듯 말했다.

"작가분이 네가 팬이라고 하니 꼭 수프를 먹었으면 한다고 하셨어. 이것 봐 책에 직접 사인도 해주셨어."

해령이 선영이 사인한 책을 건넸다.

"이거 받으려고 책 빌려 갔던 거야? 훗. 괜한 짓을."

샌디는 귀찮은 일을 했다는 투로 말했다. 하지만 살짝 입술에 걸친 미소를 보니 내심 좋아하고 있는 게 틀림없었다. 해령은 가게에 있을 때 샌디가 이런 아픈 상황인 것이 알려지는 것이 싫어서 자세한 이야기는 하지 않았다. 그래서 선영은 샌디가 이런 상황인지도 모르고 사인할 때 그런 덕담도 해주지 않았다. 하지만 해령은 그렇게 말했다고 지어내어 샌디에게 선영의 말을 들려주었다. 샌디를 위한 하얀 거짓말이었다.

샌디가 좋아하는 책의 저자가 직접 사인에 덕담까지 해줬다는 말이 효과가 있었던 걸까. 샌디는 들다 만 숟가락을 수프 가운데에 푹 넣어 한 숟가락을 떠서 입에 넣었다. 해령은 샌디가 수프를 잘 먹을 수 있을지 걱정에 긴장하며 샌디의 입을 뚫어지게 쳐다보았다.

　샌디는 말없이 몇 숟가락을 더 떠서 수프를 먹었다. 세지 않은 호박의 단맛은 잃어버린 식욕을 서서히 돋우었다. 부드럽게 으깨어진 감자 알갱이는 호박과 어우러져 담백하면서도 단맛을 더 해 맛의 조화를 만들었다. 이런 풍성한 맛은 샌디가 먹던 미음과는 비교할 수 없었다. 거기에 따뜻하고 부드러운 수프 국물은 딱딱하게 굳었던 목과 몸을 녹였다. 샌디는 곧 수프를 먹는 데 열중했다. 만화에서 봤던 사람들처럼 샌디도 어느새 수프가 주는 따뜻한 기운을 받아 닫혔던 몸과 마음이 열리기 시작했다. 수프를 먹는 샌디의 얼굴에는 화색이 돌았다.

　"다행이다. 정말 다행이야."

　해령은 수프를 먹는 샌디를 보며 가슴을 쓸어내렸다. 한때는 혼자만 인기를 독차지하던 샌디가 미웠었다. 원더랜드에서 리더였던 해령이지만 그런 앙금이 남아 샌디를 잘은 챙겨주지 못했다. 리더로서 도의에 어긋나는 일은 하지 않았지만, 상식선에서 돌봐준 것일 뿐 그 이상은 아니었다. 광고든 예능이든 거의 샌디가 나가서 다 해오고 벌어온 수익을 나눠 가졌지만 멤버들은 샌디에게 별로 고마워하지 않았다. 거기에 까다롭고 붙임성 없는 샌디였기에 원더랜드 활동 내내 샌디와 멤버들과의 사이는 냉랭했다.

해령이 샌디와 가까워진 것은 해령이 작곡한 노래를 샌디가 지지해 주었을 때부터였다. 회사에서 해령의 곡에 반응은 그저 그랬다. 해령은 곡에 자신이 있었지만, 회사는 없었다. 멤버들은 회사 눈치만 보고 있었다. 그때 샌디만은 해령의 곡이 좋다고 적극적으로 어필했다. 샌디는 이 곡을 원더랜드가 해야 한다고 사람들을 설득했다. 샌디의 설득에 끝내 회사는 승낙했다. 해령의 감은 정확했다. 이 곡은 원더랜드의 히트곡 리스트에 올랐다. 히트곡이 절실했기에, 해령의 곡이 인기를 끌자 모두 기뻐했다. 해령만큼이나 곡을 알아본 샌디의 공도 컸다. 그렇지만 안타깝게도 샌디를 향한 멤버들의 질시는 여전했다.
　"어쩌다가 운 좋게 해령 언니 곡이 얻어걸린 거지. 자기가 뭘 안다고 밀었겠어?"
　"엄마 곡 부르게 할까 봐서 밀었는지도 모르지. 누가 알겠어."
　샌디는 바로 옆에 있는데도 들으라는 듯이 수군거리는 멤버들이 미웠다. 그래도 다행히 다정하게 자신을 챙겨주는 해령이 있었기에 덜 외로웠다.
　그 후로 해령은 몇 곡을 더 작곡했고, 그 옆에는 샌디가 있었다. 해령은 자신을 지지해 준 샌디와 더 가깝게 많은 대화를 나눌 수 있었다. 어느새 두 사람은 누구보다 서로를 잘 이해하는 사이가 되었다.

　노란 저녁 하늘이 짙푸른 밤하늘로 바뀌었다. 어느새 '책과 수프'

도 하루의 영업이 끝나가고 있었다. 선영은 가게 정리를 마치고 영업을 마무리했다. 가게를 나서기 전에 미처 정리를 안 한 부분은 없는지 가게를 둘러보았다. 둘러보던 중에 새로 들여놓은 주크박스를 보았다. 주크박스를 보니 오늘 온 보라색 코트를 입은 손님이 생각났다. 그 손님이 떠나간 후에 정아는 어딘가 본 것같이 낯이 익다고 말했다. 그 말을 들어서인지 선영도 왠지 낯설지 않은 인상을 받았다. 하지만 아무리 떠올려 봐도 어디서 본 누구인지 떠오르지 않았다. 손님은 자신을 보컬 트레이너라고 했다. 그러고 보면 선영이 아는 사람 중에서 보컬 트레이너는 없었다. 뭐 아무래도 좋았다. 비록 오해는 있었지만, 손님이 여기 발길을 끊을 것 같지는 않았으니까. 미슐랭 스타 심사 요원은 아니지만 자주 봤으면 하는 바람이 들었다. 그리고 기회가 된다면 사인을 받아 간 그 손님의 친구분도 여기서 볼 수 있었으면 하는 생각을 했다.

2

샌디는 침대에서 눈을 떴다. 얼마나 잤는지 모른다. 자다가 눈을 뜨면 다시 피로가 몰려온다. 그러면 다시 눈을 감았다. 그러기를 계속 반복했다. 커튼도 걷지 않은 창가를 보니 해가 떴는지 졌는지도 분간할 수 없었다. 샌디는 이렇게 온종일 자는 게 일상이었다. 그러다가 눈을 떠서 더 감기지 않으면 겨우 일어나 침대 밖으로 기어 나왔다. 해령이 오는 날이면 조금은 더 움직였다. 말도 하고 걷기도 했다. 그러다가 가끔은 노란색 미니 쿠퍼 조수석에 타서 해령과 함께 드라이브를 하기도 했다. 노란색 미니 쿠퍼 조수석에 늘어진 채 실려 가듯 집 밖을 나갔다가 들어왔다. 그렇게라도 일주일에 한 번 이상은 밖에 나왔다. 병원에서 약이라도 타오려면 집을 나와야 했으니까. 그런 데다 요즘 샌디는 섭식장애까지 생겨 먹는 것도 힘들었다. 하루에 간장을 조금 친 흰죽 한 그릇 겨우 먹는 게 전부였다. 다른 음식들은 먹으면 토해내기 일쑤여서 먹을 수가 없었다. 그랬는데 요즘은 해령이 수프를 가져다준 이후로 조금 나아졌다. 샌디가 수프를 먹을 수 있다는 사실을 안 것은 근래에 가장 기쁜 일이었다. 힘든 일 이후로 심신이 지쳐 만신창이가 됐던 샌디를 그나마 위로해 준 건 선영의 만화책이었다. 이 책에는 따뜻한 수프가 있는 북카페를 운영하는 선영과 그곳을 드나드는 여러 사람의 일상이 그려져 있었다. 샌디는 이곳에서 수프를 먹어보고 싶었다. 아직은 공황장애로 밖에 나가는 건 용기가 필요했다. 그리고 자신을 위로해 주던 만화책의 그 가게의 수프를 자신이 먹을 수 있을지도 자신이 없었다. 그랬는데 다행히도 해령이 가져온 호박 수프를 먹은 이후로 그런 걱정은 하나 덜어내었다.

　더는 이제 잠이 오지 않는 걸 보니 이제는 일어날 시간이다. 오늘은 해령이 집에 들르지 않는 날이다. 냉장고에는 미리 사다 놓은 수프가 있다. 이제 죽은 더 먹지 않아도 되니 다행이었다. 샌디는 수프라도 먹기 위해 몸을 일으켰다. 그리고 왼팔에 난 자상을 어루만졌다. 샌디는 이 자상을 잊을 수 없었다. 자신이 스스로 그었으니까. 자상을 볼 때마다 눈물이 왈칵 쏟아졌다. 샌디는 모든 게 다 싫어져서 엄마처럼 세상을 등지려고 했었다. 그때는 그랬다. 다행히 해령이 일찍 발견해서 자신을 병원에 데리고 가서 목숨을 다시 붙여놓을 수 있었다. 하마터면 이십 대를 채 다 못 채우고 세상을 등질 뻔했다.

샌디는 자상을 볼 때마다 차가운 그 애의 눈이 잊히지 않았다. 그 녀석도 가수였다. 이 년 반 전에 샌디는 뮤지컬을 한 적이 있었다. 원더랜드가 사실상 해체 수순을 밟고 나서 샌디가 하는 첫 개인 행보였다. 뮤지컬은 「레미제라블」이었는데, 샌디가 맡은 역할은 장발장의 수양딸 코제트였다. 그리고 그 녀석은 코제트의 연인이 되는 마리우스였다. 코제트와 마리우스가 온갖 역경을 딛고 마침내 연인으로 결실을 본 것처럼 샌디도 그 애와 운명의 연인이 될 거라고 믿었다. 그 애와 같이 코제트가 그랬던 것처럼 온갖 역경을 같이 헤쳐나갈 수 있을 거라고 믿었다. 그런데 그런 일은 오지 않았다. 어쩌면 그 역경은 샌디 자체였는지도 몰랐다. 샌디의 가녀리고 귀여운 외모에 반해 오는 남자들은 많았지만 대개는 샌디를 견디지 못하고 떠났다. 샌디는 예쁘지만 건드리면 깨질 것 같은 유리 조각이었다. 샌디는 남과 달리 너무 예민하고 불안정했다. 그 때문에 감정 기복이 무척 심했다. 천국과 지옥을 오가는 감정 상태는 조울증 걸린 사람 같았다.

샌디는 걸핏하면 떠나는 남자들 때문에 집착하며 짜증을 내기 일쑤였다. 그리고 그렇게 남자들이 떠난 데에는 샌디가 성급하게 결혼하고 싶다는 말을 자주 꺼내 부담스럽게 한 것도 한몫했다. 엄마도 일찍 세상을 떠나고 할머니와 사이도 좋지 않아 외로웠던 샌디는 가족을 만들고 싶은 욕구가 강했다. 불행히도 그런 욕구는 성급하고 서툰 애정 표현으로 나타났고 그녀의 전 연인들은 그걸 애정이 아니라 집착으로 받아들였다.

엄마가 세상을 떠나고 할머니와 살았던 샌디는 늘 외로웠다. 할머니는 샌디에게 애정을 주지 않았다. 자신의 딸 고미와도 사이가 최악이었던 할머니는 그 딸을 빼다 박은 샌디를 볼 때마다 딸을 보는 것 같아 진저리가 났다. 그럴 때마다 할머니는 샌디를 차갑게 대했고, 샌디는 죽은 엄마를 그리워했다. 하지만 엄마는 돌아올 수 없는 길을 떠나, 오지 않았다. 샌디가 열다섯이 되어 가수로 데뷔하기 위해 연습실을 드나들며 바빠지면서 할머니를 보는 날도 줄어들었다. 그리고 그 할머니도 샌디가 원더랜드 소속으로 정식으로 가수 데뷔를 앞둔 날 세상을 등지셨다. 할머니가 돌아가시던 날 슬프지 않을 거로 생각했는데, 그날 샌디는 온종일 집에 틀어박혀 울었다.

"샌디 상태는 좀 어때?"

배가 나온 통통한 체형의 중년 사내가 무거운 몸을 비틀며 말했다. 사내는 여기 MH뮤직 대표를 맡은 강문호라는 남자였다. 그는 다른 대형 기획사들처럼 대표의 이름 약자를 따서 기획사 이름을 지었다. 그는 비록 지금은 인지도 있는 가수라면 샌디 하나만 있는 작은 회사지만 언젠가는 큰 회사로 키울 거라는 꿈을 꾸고 있었다. "실력이 삼십 점이라도 꿈은 백 점으로 꿔야 해. 그래야 마지막에 팔십 점은 된다고."

이 말은 늘 문호가 입에 달고 다니는 말이었다. 지금 회사의 점수를 매기자면 삼십 점에서 오십 점은 줄 수 있을 것 같았다. 그 샌디가 회사로 들어왔으니 말이다. 문제는 회사를 먹여 살려줄 거라고 믿고 있는 샌디가 전혀 노래 부를 형편이 아니라는 데에 있었다.

"먹는 건 좀 나아졌어요. 이제 수프 정도는 먹거든요."

샌디의 몸 상태를 물어보는 질문은 이제 인사 같은 말이 되었다. 회사 사무실에서 강 대표를 만나면 늘 그의 첫 마디는 "샌디 상태는 어때?"였다. 하지만 해령은 그럴 때마다 솔직하게 말할 수밖에 없었다. 죽도 겨우 먹던 샌디가 수프를 먹는다는 건 큰 발전이지만 강 대표에게는 큰 차이가 안 느껴지는 것 같았다. 그의 얼굴은 별로 기뻐하는 표정이 아니었다.

"노래는 언제부터 부를 수 있을 거 같아?"

"시간이 좀 더 필요할 거예요."

해령은 근심 가득한 강 대표를 보자니 샌디가 언제부터는 노래할 수 있다고 날짜까지 확실하게 말해주고 싶었다. 하지만 지금으로서는 이 말이 최선이었다.

"샌디 안부가 궁금해서 너를 부른 건 아니고. 실은 샌디의 섭외가 들어왔거든. 적어도 이번 주 내로는 샌디가 할 수 있는지 없는지 말을 해줘야 할 거 같아."

"예능이면 가능할 거예요. 녹화 시간을 조정하면요. 오래는 못 해도 저하고 가면 몇 시간 정도는 버틸 수 있어요."

"그건 그렇게 조정하면 될 거 같은데 말이야."

문호는 방송의 중요성과 회사 사정 등을 장황하게 해령에게 늘어놓았다. 그는 강의하듯 말을 한참 하고 또 했다. 그렇게 한 시간을 훌쩍 넘게 열변을 토해낸 그가 내린 결론은 샌디가 노래를 해야 한다는 것과 그 노래도 고미의 노래를 해야 한다는 것이었다. 해령은 한번 설득해 보겠다는 말을 남기고 사무실에서 나왔다. 문호는 한번 설득해 보겠다고 말하고 돌아서서 나가는 해령의 등 뒤로 샌디의 가수 생명과 회사 명운이 걸린 일이라고 주지시키듯 힘주어 말했다.

샌디는 소파에 등을 대고 기대어 TV를 보고 있었다. TV에는 연예인들이 둘러앉아 서로 흉을 보며 시시한 농담을 주고받고 있었다. 샌디는 뭐가 즐거운지 그걸 보며 키득거리며 마냥 웃었다. 그리고 샌디는 가끔 접시에 담아놓은 사과도 포크로 찍어 먹었다. 죽만 먹던 샌디였는데 수프를 먹은 후로 식욕을 조금 회복했다. 간이 센 음식은 아직 힘들지만, 과일 정도는 먹을 수 있게 되었다. 해령은 그녀 옆에서 같이 TV를 보고 있었다. 하지만 TV에 좀처럼 집중하지 못하고 무언가를 골똘히 생각하는 모습이었다. 방에서 나오는 것도 힘들어했던 샌디였는데 어느새 거실에 나와서 TV도 보고 과일도 먹는 모습을 보니 기뻤다. 하지만 기쁜 얼굴로만 샌디를 볼 수 없었다. 해령은 사무실에서 강 대표와 만나서 들은 이야기를 샌디에게 해주어야 했다. 방송에 나가서 노래할 수 있는지 물어볼 수는 있지만, 고미의 노래를 해야 한다는 말은 하기 어렵게 느껴졌다. 샌디는 엄마 고미의 노래를 하기 무척 꺼렸다. 샌디가 가수로 데뷔했을 때 누구나 그녀가 고미의 노래를 해주기를 기대했다. 그런데 샌디는 고미의 노래를 한 소절도 부르기를 거부했다. 고미의 노래를 들으면 자신을 놔두고 가버린 엄마에 대한 미움과 그리움이 차올라 북받치는 감정에 휩싸여 힘들었다. 거기에다 샌디가 어떤 노래를 해도 사람들은 고미와 비교하는데, 고미의 노래를 부르면 사람들의 자신과 엄마를 비교하는 시선이 어떨지 생각하면 더 부를 수 없었다. 샌디에게 고미는 넘을 수 없는 벽이고 떨쳐내고 싶지만 떨쳐낼 수 없는 그림자였다.

  가요계에서는 2집 징크스라는 게 있었다. 소포모어 징크스라고도 하는데 이는 1집 때 크게 성공한 가수들이 후에 첫 번째와 다르게 크게 기대에 못 미치는 결과를 갖기 쉽다는 속설을 일컫는 말이다. 원더랜드도 이런 통념에서 벗어날 수 없었다. 1집 때 크게 성공해 인기를 끌었지만 2집 앨범에서 큰 실패를 맛봤다. 회사는 실패의 큰 지분을 샌디에게로 돌렸다. 샌디가 고미의 노래만 불렀어도 이렇게까지 크게 실패하지 않았을 거라는 말들이 회사 내에 돌았다. 회사는 샌디에게 3집에서만큼은 고미의 노래를 불러달라고 사정하고 설득했다. 샌디를 탐탁지 않게 여기던 멤버들마저 샌디에게 부탁했다. 2집이 실패하면서 원더랜드의 인기가 하루가 다르게 식어가는 걸 샌디도 실감했다. 해령이 작곡한 곡들이 히트하면서 체면을 세웠지만, 식어가는 인기를 끌어올리는 데에는 역부족이었다. 하지만 이런 상황에서도 샌디는 고미의 노래를 부르는 일만큼은 차마 하지 못했다.

"계집애가 보통 고집이어야지. 두세 곡만 불러주면 되는데 그걸 못 해?"

멤버들은 샌디가 없을 때면 그녀의 고집 때문에 그룹이 망하기 직전이라며 원망했다. 그럴 때 리더였던 해령이 "샌디도 부르고 싶겠지. 섣불리 불렀다가 고미 님 명성에 흠집이 날까 봐 그런 거야."라고 변호해 주었다. 그 당시에는 해령도 샌디가 원망스러웠다. 그렇지만 그룹 멤버들끼리 더 크게 불화가 생겨나면 안 되기에 샌디 편에 서서 변호했었다. 하지만 해령의 변호에는 한계가 있었다.

"언니는 여기에서 나가면 작곡이라도 할 수 있잖아요. 저희는 뭐 해서 먹고살아요?"

멤버들이 해령을 보는 마음도 썩 편하지 않았다. 멤버들은 벌써 히트곡을 써낸 해령이 이 그룹 말고는 연예계에 남아 있기 힘든 자기들의 사정을 잘 모른다고 생각했다.

"무슨 생각을 그렇게 해?"

"아니야, 아무것도."

"아니긴 뭐가 아니야. 내가 언니 한두 번 보는 것도 아니고. 그 얼굴을 하면 모를 거 같아?"

해령이 입술을 삐죽 내밀고 미간을 좁힌 채 사과를 먹고 있었다. 건성으로 씹는 모양이 넋이 좀 빠진 사람 같았다. 샌디는 해령의 복잡한 얼굴이 무얼 뜻하는지 알아채고 그녀의 옆구리를 찔렀다. 해령은 말 못 할 고민이 있을 때면 꼭 이런 얼굴을 하고는 했다.

"방송 하나가 들어왔는데, 노래해야 할 거 같아. 아영이 네가 할 수 있겠어?"

"해보지, 뭐."

샌디는 별일이 아니라는 듯 무심하게 대답했다.

"정말?"

해령이 샌디의 대답이 허세는 아닌지 표정을 살폈다. 샌디는 할 수 있다는 의미로 고개를 끄덕거리며 TV에 시선을 다시 고정했다. 그리고 커다란 쿠션을 껴안은 채로 사과 하나를 집어 야무지게 질겅질겅 씹어 먹기 시작했다. 얼굴 어디에도 무대에 대한 근심은 없어 보였다.

"그런데 고미 님 노래 불러야 해."

해령이 조심스럽게 다음 말을 던졌다.

"뭐?"

샌디는 고미라는 말에 눈동자가 커졌다. 리모컨으로 TV를 황급히 끄고는 잘못 들은 거라고 여기며 해령이 방금 한 말을 곱씹었다. 하지만 해령은 분명히 고미라고 했던 게 분명했다.

"예전 유명 곡들을 가수들이 다시 부르는 콘서트 프로 알지?「네버엔딩 콘서트」 말이야. 거기서 섭외 왔어. 이번 주제가 고미 님이 래. 그래서 너한테도 섭외가 온 거야."

"못 들은 걸로 할게."

샌디는 다시 리모컨을 눌러 TV를 켰다. 하지만 그녀의 눈동자는 흔들리고 있었다.

"너는 어떻게 사람이 그러니? 너 혼자만 하고 싶은 대로 하려고 하는 거야."

해령은 샌디의 심정을 모르지 않지만 이렇게 단번에 획 돌아서는 모습을 보니 슬쩍 부아가 치밀었다.

"내가 뭘. 내가 이런 애인지 몰라서 그래?"

샌디도 지지 않고 대꾸했다.

"고미 님 미운 거 알아. 그래도 엄마잖아. 사람들이 비교하는 것도 싫겠지. 그런데 그게 어때서. 그래도 너는 고미 님 노래를 부를 수 있다는 건 특권이야. 누구도 못 하는 특권."

해령은 그동안 쌓아놓았던 말들을 쏟아냈다. 샌디를 잘 알아서 하고 싶었던 말들도 세 마디가 떠올라도 한 마디만 했었다. 그 말을 다 하면 지금도 아픈데 더 상처받고 더 아플까 봐 참았다. 그랬는데 너무 쌓아놓았는지 물이 넘치듯 쌓였던 말들이 터져버렸다.

"흥. 내가 딸이라서? 그 특권 내가 줄게 그러니까…."

특권이란 말에 샌디도 욱하는 마음이 일었다. 누가 받고 싶었던 특권도 아니었다.

"아냐. 닮았으니까. 그리고 잘하니까. 최고로. 사람들은 누가 그분 노래를 부르기를 가장 바랄까? 너라고. 네가 아니면 그 노래를 누가 부를 건데."

해령은 샌디의 말을 자르고 말을 계속 이어나갔다.

"피곤해서 쉬어야겠어. 나가줘."

샌디는 신경질적으로 TV를 끄고 자리를 박차고 일어섰다.

"그것만 알아둬. 사람들은 네가 고미 님 노래를 불러주면 그것만으로도 고마워할 거야."

해령은 샌디가 일어서든 말든 아랑곳하지 않고 계속 말했다.

"나는 싫어. 그 여자 노래 부르기 싫단 말이야."

샌디의 손과 입술은 떨리고, 눈은 엄마에 대한 그리움과 미움이 뒤섞여 눈물이 그렁그렁하게 맺혔다.

"아영아!"

해령은 샌디의 '그 여자'라는 말에 화들짝 놀라 망연하게 샌디를 쳐다봤다. 샌디는 잠시 멈칫하더니 돌아서서 큰 걸음으로 방으로 들어가 버렸다. 탈칵. 방문이 세게 닫혔다. 해령은 닫힌 방문을 씁쓸하게 바라보았다.

샌디는 방에서 이불을 뒤집어서 쓴 채 한참을 잤다. 눈을 뜨니 방 안이 캄캄했다. 밤인지 새벽인지 분간도 되지 않았다. 방문을 열고 거실로 나가보니 해령은 보이지 않았다. 이미 간 지 오래인 거 같았다. 배가 고파 냉장고 문을 열었다. 그런데 하필 냉장고 어디를 뒤져봐도 가게에서 해령이 사다 놓은 수프가 보이지 않았다. 반찬 그릇을 냉장고에서 하나씩 모두 꺼내보아도 남아 있는 수프는 없었다. 딱 하나 있었는데 해령이 며칠 전에 와서 요리한 수프였다. 샌디는 이 수프의 정체를 보자마자 알았다. 해령이 가게에서 먹은 수프를 자신도 만들어 보겠다면서 당근과 브로콜리, 양파 등을 넣고 끓여주었다. 그녀는 요리한 뒤에 맛을 보고는 미안해하며 먹다가 아니면 그냥 버리라고 하며 수프를 냉장고에 넣어두었다. 해령은 수프를 냉장고 어딘가에 밀어 넣으면서 다음에는 같이 가게에 가서 먹자고 말했다. 샌디는 오늘 서로 다투지 않았으면 가게에 한번 들러봤을지도 모르겠다는 생각이 들었다.

'그러니까 그런 이야기는 왜 꺼내가지고.'

샌디는 해령이 만들어 준 수프를 꺼내 전자레인지에 넣고 데우고 숟가락을 들고 한 숟가락 떠서 먹었다. 심심하기만 한 맛이 아무래도 가게에서 해령이 사다 준 수프와는 맛이 달랐다.

'언니는 뭐 요리는 늘 못했지.'

심심하고 맛없는 수프를 먹다 보니 차라리 흰죽에다 간장 몇 방울 떨어뜨려 먹는 게 낫겠다 싶었다.

원더랜드가 공식적으로 해체되고 나서 가수로서 노래를 계속 부를 기회는 샌디만 잡았다. 하지만 그녀를 필요로 하는 쪽은 뮤지컬 정도였고, 앨범을 내주겠다고 제안하는 회사는 좀처럼 없었다. 원더랜드로 활동할 때는 샌디와 아이들이라고 하더니 해체하고 나서 샌디만 남았는데도 회사들은 적극적으로 관심을 보이지 않았다. 그제야 샌디도 자신의 가치가 어느 정도인지 깨달았다. 혼자서 무대에 서기에는 부족했음을 알게 된 것이다. 그래서 자신이 빛나려면 아이들이라지만 네 명이 더 있어야 했다. 회사들이 샌디와 계약하는 데 소극적이었던 건 샌디가 고미의 노래를 하기 꺼린다는 이야기가 업계에 퍼진 탓도 있었다. 그런 중에 겨우 계약한 회사가 MH뮤직이었다. MH뮤직은 인지도 있는 가수가 별로 없는 신생 회사라서 계약하기 그나마 수월했다. 그런데 샌디가 보기에 이 회사마저도 은근히 엄마 고미의 노래를 불러주기를 바라는 걸 보니 다른 회사들과 다를 게 없이 보였다.

"나는 붕어빵이야. 그런데 팥이 없지."

샌디는 이런 신세를 두고 자조하며 자주 이런 농담을 던졌다. 그러면 해령은 "그 팥은 내가 만들어 줄게."라고 말해주었다. 샌디는 해령의 수프를 먹으면서 그 농담을 떠올렸다. "팥이 아니라 수프를 만들었네. 맛이 더럽게 없는 수프."라고 중얼거리며 피식하며 웃었다. 수프 한 숟갈을 떠서 먹을 때마다 해령이 자신에게 해주었던 일들이 주마등처럼 스쳐 지나갔다. 원더랜드 때 멤버들 질투 때문에 유치하고 짓궂은 장난질로 괴롭힐 때 해령 언니만큼은 거기에 가담하지 않았고, 울고 있는 자신을 보고 안아주었다. 해령 언니 자신은 그때는 자신도 어려서 잘 못 챙겨주었다고 하지만. 지금은 전담 프로듀서로서 사람을 가리는 샌디를 생각해 매니저 역할까지 자처하며 옆에서 여러 가지를 신경을 써주고 있었다. 걸핏하면 아파서 병원 신세를 지면 옆에서 간호해 주기를 마다하지 않았고, 조울증 환자처럼 감정의 기복이 심하고 까탈스러운데도 묵묵히 잘 받아주었다. 그 녀석과 헤어지고 감정이 북받쳐 손목을 그어버린 적도 있었다. 자신을 발견하고 병원에 데려갔던 것도, 옆에서 자신을 돌봐주었던 것도 해령이었다.

맛은 없지만 계속 먹다가 보니 적응이 됐는지 먹을만했다. 수프 접시는 바닥이 보이고 있었다. 샌디는 어느새 수프 먹는 데 열중했다. 먹는 중에도 머릿속은 여러 가지 생각이 쉴 새 없이 왔다 갔다 했다. 원더랜드가 해체하고 회사들이 자신과 계약하기를 거절해서 서운했던 일도 떠오르고, 계약할 회사도 못 구해서 우울해 있다가 뮤지컬에 섭외되어서 기뻤던 일도 떠올랐다. 거기서 그 녀석과 짧다면 짧고 길다면 긴 시간 행복했던 날들도 떠올랐다. 그리고 오늘 해령과 다툰 일도 떠올랐다. 해령이 작정하고 내뱉은 말들은 모두 아프게 자신을 쑤셨다.

"나는 환자란 말이야. 그렇게 험하게 말해도 되는 거야."

샌디는 아팠던 말들이 생각나자 너무했다며 중얼거렸다. 그러다가 지금 그 얄미운 언니가 만들어 준 수프를 맛있게 먹고 있는 자신을 다시 보았다. 갑자기 울컥하는 마음이 올라왔다. 샌디는 수프를 먹던 숟가락을 떨어트리고는 한 손으로 얼굴 부여잡고는 울음을 터트렸다.

"그래, 그런 거였어. 그런 거였다고."

샌디는 무얼 느꼈는지 흐느끼며 같은 말을 되뇌었다.

"아, 아."

샌디는 목소리를 가다듬으며 벌써 몇 잔째 티백으로 우린 녹차로 목을 적시고 있고, 옆에서는 해령이 샌디의 어깨와 팔을 주물러 주고 있었다. 여기는 「네버엔딩 콘서트」 샌디의 대기실. 샌디는 방송 섭외 요청을 수락했다. 지금은 방송 전에 리허설 무대를 앞두고 대기실에서 자신의 차례가 오기 전에 몸을 푸는 중이었다. 오랜만에 방송이라서 샌디도 퍽 긴장했다. 그래서 해령도 어느 때보다 긴장해서 샌디 옆에 딱 붙어 그녀의 심기를 살피고 컨디션을 확인했다. 샌디가 방송에 나가겠다고 했을 때 해령은 믿기지 않았다. 그래서 정말 나가는 거 맞냐고 몇 번을 되물었다. 놀란 건 해령만이 아니었다. 방송 PD도 믿기지 않았는지 샌디가 직접 나가겠다고 했는데도 몇 번이고 사무실에 전화해서 확인했다. PD는 샌디가 방송국에 나타났을 때 그제야 정말로 샌디가 고미의 노래를 한다는 사실을 실감했다고 말했다. 그도 그럴 것이 샌디가 데뷔하고 십여 년 만에 처음으로 고미의 노래를 부르는 것이다.

샌디는 방송에 나가서 노래하겠다고 말하면서도 해령이 요리해 준 맛없는 수프를 먹다가 마음을 바꿨다고는 말하지 않았다. 그런 이야기까지 하는 건 아무래도 구차해 보였다. 그래서 "이제 부를 때 됐잖아요."라는 말만 했다. 하지만 샌디도 알고 있었다. 그 맛없는 수프에는 샌디를 진심으로 아껴주는 사람의 정성이 있었고, 그 정성이 샌디를 움직이게 했다는 것을.

'내 노래는 엄마만큼은 못할 테지만, 그래도 사람들은 엄마를 그리워하니까.'

샌디는 엄마에 대한 원망은 잠시 내려놓기로 했다.

시간이 되었다. 샌디는 대기실을 나가면서 해령의 귀에 작은 소리로 속삭였다.

"한 곡만 할 거야."

"그럼. 알아. 그래도 괜찮아."

해령은 앞서가는 샌디의 등 뒤로 몇 걸음 뒤에서 뒤따라가며 말했다. 해령은 샌디가 무슨 바람이 불어 노래를 하겠다고 하는지 감이 잡히지 않았다. 하지만 샌디가 엄마 고미에 대한 복잡한 마음에도 불구하고 이렇게 큰 결심을 해준 것이 고마웠다. 해령은 대기실 복도를 지나 무대로 빠른 걸음을 옮기며 걸어가는 샌디의 뒷모습을 따뜻한 미소로 말없이 바라보았다.

카메라에 불이 들어오고 샌디가 리허설 무대에 섰다. 샌디가 부르는 고미의 노래가 무대를 채우기 시작했다. 이 곡은 고미의 최고 인기곡이라 불리는 「바람의 멜로디」였다. 헤어진 연인을 그리워하며 부르는 사랑의 노래. 이 노래에는 아직도 사랑을 간직하고 있는 남겨진 사람이 마음이 떠나간 연인에게 자신의 사랑이 바람처럼 닿기를 바라는 애절함이 담겨 있었다. 호수에 던져진 작은 돌 하나가 잔잔한 파장을 일으키듯 시작되는 노래의 초반을 지나 중반에 들어서자 거센 바람처럼 격정이 실린 멜로디가 휘몰아쳤다. 그녀의 노래를 듣는 사람들은 순간 죽은 고미가 다시 나타나 무대에 서 있는 착각이 들었다. 그리고 노래는 사람들의 마음을 바람에 실어 고미의 노래를 듣던 그들의 젊고 어렸던 시절로 데려갔다.

월요일 오후 선영은 대충 끼니를 때우고 맥주 한 캔을 두고 TV를 켰다. 월요일은 정말 아무것도 하지 않아도 되는 천국 같은 시간이었다. 선영은 월요일을 일주일에 하루 있는 바캉스라고 불렀다. 월요일에 일하려고 한다면 만화 그리는 일 정도가 있었다. 그런데 만화 작가로 한창 그릴 때처럼 시간에 쫓겨 그리는 만화는 아니라서 좀 미루거나 안 하고 싶으면 안에도 그만이었다. 그래서 오늘은 그냥 아무것도 안 하고 쉬기로 작정했다. 맥주의 캔 뚜껑을 열고 한 모금 마셨다. 시원한 청량감이 몸의 노곤함을 풀어주었다. 정말 천국이 따로 없었다. 선영은 어제 가게 일로 바빠서 놓쳤던 TV 프로 「네버엔딩 콘서트」를 보기로 했다. 이번 방송은 가수 고미 편이었다. 고미의 노래를 좋아하는 선영은 이 방송을 보기 위해 평소에 안 하는 다시 보기 요금까지 냈다.

고미는 국민 가수에 가까울 만큼 큰 사랑을 받았던 가수였다. 그리고 그녀의 기구하고 짧았던 생애는 그녀를 전설로 만들었다. 그녀가 세상을 등진 이후 그녀의 노래는 사람들 추억 속에서만 남았다. 고미의 사후에 그녀의 노래를 다시 부른 가수는 몇 명 있었지만, 그 누구도 그녀만큼 감동과 울림을 사람들에게 주지 못했다. 사람들은 샌디만이 고미의 노래를 부를 자격이 있다고 여겨왔다. 그리고 마침내 샌디가 무대에 섰다. 곧이어 고미가 부른 노래 중 최고의 곡이었던 「바람의 멜로디」가 샌디의 목소리로 흘러나왔다. 헤어진 연인을 향한 그리운 마음이 절절하게 선영의 마음을 울렸다. 선영은 슬프도록 아름다운 노래를 들으며 정우를 떠올렸다. 이제 선영의 손길에 닿을 수 없는 곳으로 가버린 정우.

선영은 무대 위에서 노래하는 샌디도 엄마를 그리워하고 있을 거라는 느낌이 들었다. 선영은 샌디를 어딘가에서 만난다면 어쩌면 사랑하는 사람을 떠나보낸 사람들끼리 느낄 수 있는 속 깊은 이야기를 나눌 수 있을 것 같은 생각도 들었다. 그래서 언젠가 샌디가 '책과 수프'에 들러 자신과 수프를 먹으면서 이야기를 나누는 상상을 했다. 그러나 곧 선영은 그 상상에서 나왔다. 상상은 상상일 뿐 무리한 일이라는 생각이 들어서였다.

'풉. 저런 유명한 친구가 내 가게에 들르지는 않겠지.'

선영은 맥주 한 모금을 다시 들이켜면서 샌디가 부르는 「바람의 멜로디」가 흘러나오는 무대 속으로 들어갔다.

추억은 나이 들지 않는다

1

'책과 수프'에서는 판매용 외에 가게에서만 볼 수 있는 열람용 책들이 있었다. 열람용 책들은 띠지를 따로 둘러 판매용과 구분했다. 열람용으로 구분해 놓은 데는 몇 가지 기준이 있었다. 시리즈로 여러 권일 때 한 권 정도는 열람용으로 묶어놓았다. 여러 권으로 된 책이 어떤 내용인지 볼 수 있게 하기 위해서였다. 혹은 다른 데서는 보기 어려운 책일 경우 열람용으로 묶어놓았다. 이 책들은 '책과 수프'에서만 볼 수 있는 책들로서 희소성이 높을수록 가치도 높았다. 가끔 손님들은 여기서만 볼 수 있는 책들을 보기 위해 가게로 찾아오기도 했다. 그렇게 방문한 손님 중에 몇몇은 구매할 의사가 있으니 띠지를 떼어달라고 조르기도 했다. 그런 손님들을 만날 때면, 매정하게 열람만 가능하다고 말하는 게 어려워 난감해졌다. 난감해지는 이유는 구하기 어려운 책을 만났을 때 그 기쁨이 어떤지를 잘 알기 때문이었다. 하지만 마음이 약해져서 책을 넘긴 경우는 잘 없었다. 선영은 희소한 책을 가게에 두는 것으로 가게의 가치도 그만큼 높아진다고 여겼다. 그래서 쉽게 책을 내어주는 건 아무래도 어려웠다. 천연기념물 같은 희소한 책들이 가게에 있다는 사실은 특별히 소수의 사람만 아는 이야기는 아니었다. 그래서인지 손님 중에는 구하고 싶은 책을 찾아달라고 부탁하는 때도 더러 있었다. 이런 손님들은 대개 책을 찾을 수 있는 모든 방법을 나름대로 다 써보고 그래도 찾지 못한 경우 마지막으로 이 가게로 찾아오는 경우가 많았다. 선영은 되도록 손님들이 원하는 바대로 들어주고 싶지만, 이런 책들을 찾는 건 쉬운 일이 아니어서 부탁을 들어주지 못하는 경우가 태반이었다. 간혹 부탁을 들어주는 일도 있었는데, 그건 책과 인연이 닿았을 때였다. 찾고 싶은 책을 찾게 된 손님이 선영에게 고마워하면 선영은 이렇게 말했다.

"책이 손님과 인연이 있었나 봐요."

선영은 책도 사람도 모두 인연이 닿아야 한다고 믿었다.

이른 아침이었다. 선영은 이제 막 가게 정리를 마치고 손님을 맞을 준비를 했다. 아침에 가게를 찾아오는 단골손님들은 대개 정해져 있었다. 손으로 꼽을 수 있을 정도의 손님들이 가게를 왔기에 선영은 가게를 오는 손님들은 다 알아봤다. 처음 가게에 들어오는 손님들은 아주머니들이었다. 이분들은 가게에서 도보로 이십여 분 정도 떨어진 아파트에 거주하는데, 아침이면 와서 수프를 먹으며 친목을 다졌다. 두 번째로 오는 손님은 아저씨였다. 그는 가게 근처에서 과일을 팔았다. 배가 꽤 나와 고민하는 아저씨로 다이어트 식사로 수프를 포장해 갔다. 세 번째로 오는 손님들은 할머니를 모시고 오는 아주머니였다. 이분들은 모녀 사이로, 아주머니는 할머니의 딸인데, 이빨이 약해 딱딱한 걸 먹기 힘들어하는 어머니를 생각해 이따금 가게에 와서 식사하고 갔다. 이날은 아주머니가 할머니를 모시고 가게로 와서 수프를 먹고 있었다. 그때 남자 손님이 가게 문을 열고 들어왔다. 순한 인상의 중년으로 보이는 손님이었다. 가게를 어색하게 두리번거리며 둘러보는 걸 보니, 가게에 처음 온 손님임이 분명했다.

남자는 빈 테이블로 가서 앉았다. 수프 하나를 시켜 식사를 마치자, 책이 진열된 곳으로 가서 한참을 머물렀다. 선영이 이 손님에게 다가가니, 남자는 손에 쪽지 하나를 꺼내 들고 쪽지와 책을 비교하듯 번갈아 보며 무언가를 찾는 중이었다.

"찾는 책이 있으세요?"

선영이 남자의 손에 든 쪽지 쪽으로 손을 뻗었다. 남자는 스스럼없이 쪽지를 선영에게 건네주며 말했다.

"찰스 디킨스가 쓴 책인데…."

남자는 쪽지에 적힌 내용을 떠올리며 말했다.

"제목이 『크리스마스 캐럴』이군요."

선영이 쪽지에 적힌 책의 제목을 읽었다. 선영은 능숙하게 쪽지에 적힌 찰스 디킨스의 작품 중에서 남자가 찾는 책을 찾아 건넸다.

"찾으시는 책이 이거 맞으시죠?"

선영으로부터 책을 건네받은 남자는 책장을 몇 페이지 넘겨보더니 덮고서 고개를 저었다.

"이 책이 아니군요. 제가 찾는 건 좀 오래된 책이에요. 오래전에 번역된 건데. 지금 나온 책 중에는 없을 겁니다. 가로로 글이 배열된 이런 책들은 내가 찾는 책이 아니에요."

책을 건네받은 선영이 책들을 도로 꽂아 넣었다. 남자는 자신이 찾는 책에 관해서 계속 설명을 이어갔다. 그는 세로 글로 된 책을 찾는다고 했다.

"세로로 글이 배열된 책이요?"

"요즘은 그렇게 된 책이 없으니 정말 오래된 책이죠."

선영은 예전에 세로 글 배열로 책들을 본 적 있었다. 수집하고 싶은 책은 없어서 보기만 하고 구매는 하지 않았던 기억이 났다. 남자가 찾는 책이 여기 있다면 아마 이 가게에서 가장 오래된 책일 것이다.

"그렇게 오래된 책은 여기 없어요. 그런 책들은 이제 찾기도 어려울걸요."

"안타깝네요. 여기 가면 찾을 수 있다고 하던데…."

남자는 조금 실망한 표정으로 혀를 끌끌 찼다. 남자의 말은 나름대로 어디서 보기 어려운 책들을 모았다는 선영의 자부심에 상처가 났다.

"책이 얼마나 많은데 다 가지고 있겠어요."

선영은 약간 토라진 얼굴로 입술을 비죽 내밀었다.

"아, 괜찮아요. 신경 쓰지 마세요…."

남자는 직감으로 자신이 말실수했음을 느끼고 어색하게 웃으며 말했다.

"번역이 장왕록으로 되어 있네요. 단순히 새로 배열 글이 아니라 번역한 사람까지 특정해서 찾으려면 어렵겠어요."

선영이 쪽지를 들여다보며 말했다.

"여기도 아니라면 어디서 또 찾아야 할지, 참."

남자는 짧은 한숨을 쉬었다. 분위기를 보니, 이 책을 찾으려고 무던히도 애쓴 듯했다. 선영은 보고 싶은 찾다가 마지막이라는 심정으로 이곳까지 와서 그러고도 못 찾았을 때 사람들 심정이 어떤지 알았다. 선영은 남자의 이런 표정이 익숙했다.

"이 책을 찾으려면 어디로 가야 할까요?"

"여기보다 장서도 많고 그중에서도 오래된 책이 많은 곳으로 가야겠죠. 전국에 찾아보면 그런 곳이 몇 군데 있어요. 거기에 문의하던가 아니라면, 거기로 가서 직접 찾아봐야겠죠."

남자는 다른 메모지를 꺼내 선영에게 주었다. 거기에는 그동안 남자가 간 헌책방들이 적혀 있었다. 서울과 경기도 멀리는 대전까지 여러 군데의 헌책방들이 적혀 있었다. 메모지의 목록들을 보니 얼마나 열심히 찾아다녔는지 알고도 남았다.

 선영은 부탁을 들어줄지에 앞서서 남자가 왜 이렇게 책을 꼭 찾고 싶어 하는지 호기심이 생겼다.
 "이 책들을 찾고 싶은 이유라도 있으세요?"
 "아닙니다. 그냥 아는 사람이 찾길래…."
 남자는 그렇게 말하면서도 상기된 얼굴로 부끄러워하는 태도를 보였다.
 "그냥 아는 사람이 아닌 것 같은데요."
 선영은 남자가 누군가를 좋아하는데 말을 하지 못하는 걸 눈치로 긁었다. 남자는 한참 뜸을 들이더니 자신이 좋아하는 사람이 있는데, 그 사람이 정말 소중하게 여기는 책이라고 말해주었다. 그리고 남자는 오래전에 그 사람이 책을 분실해서 여태껏 찾지 못했다고 했다. 남자의 눈을 보니 조금 젖은 듯 보였다. 그 눈에서 애틋하고 아련한 마음이 느껴졌다. 남자는 자신의 이름과 소속 등을 밝히며 그가 마음에 둔 여자가 누구인지 어디에서 만났는지 등의 이야기를 선영에게 말했다. 단 몇 분 동안의 이야기였지만 남자가 얼마나 그 여자를 사랑하는지 느껴졌다.
 "제가 가는 헌책방들이 있어요. 거기로 가게 되면 혹시 있는지 찾아볼게요."

선영은 너무 기대는 하지 말라고 하며 책을 찾아보겠다고 했다.

"여기까지 온 보람이 있군요. 찾아봐 주신다는 말만으로도 감사합니다."

남자는 선영에게 고개를 숙여 감사의 인사를 했다. 선영은 가게를 찾아오는 사람들이 원하는 게 있으면 그걸 들어주는 데서 소소한 행복을 느꼈다. 선영은 마침 새로 가게를 장식할 헌책들을 구하려고 하던 참이었다. 그때 헌책방들을 들르게 될 테니 거기서 찾아보는 건 그리 어렵지 않다고 생각했다.

선영이 가게를 운영하다 보니 가게의 개성에 부쩍 신경을 쓰게 되었다. 개성은 가게의 정체성과 다름없었다. '책과 수프'는 다른 데서 보기 어려운 오래된 책들이 있었다. 존재 자체도 생소한 책도 있었고, 고전이라고 불리는 명성도 있었지만 좀처럼 찾지 않아 희귀해진 책도 있었다. 선영은 책들이 장식으로만 가게에 있는 건 원하지 않았다. 책은 누군가 펼쳐 볼 때 비로소 빛난다고 믿었다. 근래 책들을 보면 큐레이션 된 헌책들은 그냥 장식으로만 남은 책들이 많았다. 정체된 가게에는 새로운 헌책들이 가게에 필요했다.

오래된 책 중에서 가게와 어울릴 책을 찾는 건 까다로웠다. 가게와 어울리면서 방문한 손님들의 호기심도 끌어야 했기에 나름 책을 보는 안목이 있어야 했다. '책과 수프'를 시작했을 때 선영은 정우와 함께 가게에 둘 오래된 책들을 찾아서 지방까지 내려갔었다. 지금 선영은 왠지 그 시절이 그리웠다. 그러고 보니 정우가 떠난 후에 지방으로 내려가 본 적이 없었다. 선영은 그리운 나날들을 마음에 품은 채 지방으로 발길을 돌렸다.

　선영은 부산 국제시장의 보수동 골목의 책방골목을 들렀다. 세월의 흔적과 함께 오래된 기억과 손때가 묻은 책들이 책방을 채우고 있었다. 가게 밖에서는 단풍이 거리를 곳곳을 붉게 물들였다. 단풍과 헌책방이 더 없이 애수 어린 가을 풍경을 그려내고 있었다. 선영은 그 모습을 마음 한곳에 간직하고 싶어 사진을 찍었다.

　선영은 헌책방에서 청나라 마지막 황제 푸이의 자서전을 구했다. 책을 보면서 선영은 영화 「마지막 황제」 CD와 함께 디스플레이 해두면 괜찮을 것 같다고 생각했다. 이참에 소설과 연관성 있는 영화를 같이 묶어 세트로 여러 개 두어 디스플레이하고, 소설과 영화라는 콘셉트로 독서 모임을 해보는 것도 좋을 것 같았다. 선영은 독서 모임을 하면, 되도록 영화에서 보여주지 않았던 부분에 대해서 살펴볼 수 있는 소설들로 구성해 보자고 생각했다.

　가게에 둘만한 책을 구했지만, 손님의 책은 찾지 못했다. 서울에서 선영이 자주 가는 헌책방들은 부산으로 내려오기 전에 들러봤지만, 책은 없었다. 선영이 아는 서점 중에서는 갈만한 곳이 없었다. 안타깝지만 책은 찾지 못했다고 손님에게 연락해야 할 것 같았다. 선영은 서울로 올라오는 기차 안에서 손님에게 안타까운 소식을 전하기 위해 핸드폰을 꺼냈다. 막 핸드폰으로 메시지를 입력하던 중에 불현듯 떠오르는 서점이 한 곳 있었다. 언제인가 단골이던 손님 한 분이 에릭 시걸의 『러브스토리』를 불광동 헌책방에서 구했다는 이야기를 전해 들었다. 헌책인데도 새 책처럼 깨끗했다. 손님은 "깨끗한 책으로 구하려고 얼마나 돌아다녔나 몰라요."라고 하며 한껏 웃었었다. 그 손님은 거기서 더 오래되고 희귀한 책들도 꽤 봤다고 했다. 희미한 기억에 선영도 그 서점에 방문한 적 있었다. 할머니가 운영하던 문방구 같은 느낌의 서점이었다. 할머니가 가게를 그만둔 이후로 소문이 좋지 않아 선영의 기억에서도 잊힌 서점이었다.

선영은 마지막으로 그곳에 갔다가 집으로 돌아가기로 했다. 불광동 후미진 골목에 있는 이 서점은 서울에서도 정말 오래된 서점 중의 하나였다. 그중에서도 제일 오래된 곳일 거라고 말하는 사람들도 있었다. 이 서점은 크지 않지만, 헌책을 수집하는 사람들 사이에서도 아는 사람만 아는 장소였다. 한 가지 우려되는 건 원래 운영하던 할머니 대신에 아들인지 손자인지 하는 남자로 주인이 바뀌었다는 이야기를 들었다. 선영은 주인이 바뀌었다는 말을 들은 이후로는 가보지 않았다. 소문으로는 바뀐 사장이 책 관리는 할머니보다 잘하지만, 책도 손님도 차별을 심하게 한다는 말이 있었다. 돈이 될 책은 어디보다 깨끗하게 하지만, 아니면 아무렇게나 던져둔다고 했다. 선영은 그 사장이 책의 가치를 돈으로만 본다니 어쩐지 슬펐다.

선영이 소문의 오래된 서점에 도착하자, 그녀를 반기는 건 허름한 동네 문방구 같은 느낌의 서점이었다. 희미한 서점의 기억이 살아나는 듯했다. 선영은 변하지 않은 서점의 모습을 보며 그녀가 들은 소문이 사실이 아니기를 바랐다. 선영이 서점의 문을 열고 들어서자 선영의 삼촌뻘 정도 될 것 같은 중년의 사내가 그녀를 맞았다. 사내는 머리카락이 벗겨져 귀밑 언저리에만 남아 있었다. 사내의 얼굴 인상은 게을러 보였는데, 얇은 입매 때문인가 어딘가 약삭빠르게도 보였다. 선영이 가게를 훑어보니 가게에 두고 싶은 책들은 없었다.

선영은 여기에 혹시 남자 손님이 찾는 책이 있는지 궁금해서 주인에게 물었다. 부산 헌책방 골목에서도 남자 손님의 책은 찾지 못했었다. 그래서 여기에서만큼은 있었으면 했다.

선영의 말을 듣고 있던 사내는 세로 글자라는 말에 대번에 귀찮아하는 표정을 지었다.

"뭐, 세로 글자? 그런 책은 없을 거야. 동네 문방구 같은 헌책방이라고 해도 팔릴 책하고 안 팔릴 책 정도는 구분하거든? 그래서 일정한 주기로 책을 물갈이하듯 싹 정리한단 말이야. 결론은 그런 책 없다는 말씀."

사내는 귀찮은 손님을 쫓아 보내듯 강한 어조로 쏘아붙였다.

"책이 있는지 없는지는 찾아보면 알겠죠. 사장님이 책 찾기 귀찮으시면 제가 직접 찾아볼게요."

"아가씨 여기 자주 오지도 않으면서 꿰고 있다고? 나는 아가씨 오늘 처음 봤어. 그리고 책은 정말 없어. 이거 봐봐 컴퓨터로 따닥 하니까 그런 책 없다고 나오잖아."

사내는 컴퓨터 화면을 보여주며 역정을 내었다. 그는 서점을 물려받을 때 오래 운영할 생각은 별로 없었다. 값나가는 책들이 서점 안에 있다고 해서 그런 책들이나 찾아서 돈이나 벌어볼 생각으로 받았다. 애초에 그런 마음이었기에 돈이 안 되는 손님들한테는 늘 불친절했다.

"할머니가 계셨을 때가 좋았는데, 아저씨는 저 처음 봐도 저는 할머니 있으실 때 왔어요. 할머니는 찾는 책 있으면 얼마든지 둘러보라고 하셨어요. 그냥 구경만 하고 가도 마음이 편했다고요. 아저씨처럼 심술부리거나 한 줄 아세요?"

선영은 사내가 역정을 내든지 말든지 아랑곳하지 않고 할 말을 다 했다. 그걸 본 중년 사장은 그 기세에 질린 건지 움찔했다.

"젠장, 마음대로 하셔. 그래도 너무 오래 있지는 마."

사내는 등을 돌리며 돌아섰다. 선영은 서점 안으로 들어와 본격적으로 책을 찾기 시작했다. 책장에 꽂힌 책들을 보니 일정한 기준대로 진열된 것 같다가도 순서와 무관하게 꽂힌 책들도 더러 보였다. 어쩌면 컴퓨터에도 없는 목록 외에 책들도 있을 것 같았다. 하지만 선영이 찾는 책이 있으리라는 보장은 없었다. 계속 찾아보는 수밖에 다른 방법은 없어 보였다. 서점을 둘러보니 가게에 두고 싶은 책은 딱히 보이지 않았다.

한참을 책들을 뒤져보던 선영은 아무렇게나 꽂힌 책들 사이에서 찰스 디킨스의 책을 하나 찾았다. 세로 글이었다. 제목을 보니 『올리버 트위스트』였다. 선영은 왠지 더 찾아보면 남자 손님이 찾던 『크리스마스 캐럴』도 있을 것 같은 예감이 들었다. 선영은 조금 더 찾아보기로 했다. 서점의 중년 사장은 아직 멀었냐고 한 번씩 눈치를 줬지만, 선영은 조금만 더 보겠다며 버텼다. 그렇게 한참을 찾다가 선영은 책장 옆에 꽂아둘 자리가 없어 탑처럼 쌓아놓은 책 꾸러미 맨 밑에서 찾아 헤매던 책 중에 한 권을 발견했다.

"찾았다. 와— 이거야, 이거. 『크리스마스 캐럴』 장왕록 번역."

선영은 큰 소리로 환호하며 책을 번쩍 꺼내 들었다. 탑처럼 쌓인 책 꾸러미 밑에서 책을 꺼내는 모습이 마치 산속에서 약초를 캐는 사람 같았다.

"하이고. 그렇게 두더지 굴 파듯 뒤져보더니 찾긴 찾았군그래."

중년 사내는 그런 선영을 보며 삐죽거렸다.

"사장님. 어떤 마음으로 여기를 운영하는지는 모르겠는데요. 이렇게 가려가며 받으시면 손님들도 가게에 등 돌릴 거예요."

선영은 단호하면서 차분하게 사내를 보며 말했다.

"뭐, 아가씨가 뭘 안다고 충고하는 거요?"

중년 사내는 인상을 찌푸렸다.

"저도 책방 운영해요. 같은 업자니까 드리는 말씀이에요. 손님들은 책방에서 책만 사서 가는 게 아니에요. 헌책에는 사람들의 추억이 있어요."

"허, 참 이거야 원."

사내는 같은 업자라는 말에 동요했는지 아까보다 인상이 누그러졌다. 그는 혀를 끌끌 차며 머리를 긁적였다. 하지만 선영의 말에 귀를 기울이는 느낌은 아니었다.

"시간을 주세요. 손님들이 더 머무를 수 있게요."

선영의 진심 어린 당부가 사내를 당황하게 했다. 사내는 지금 자기 앞에 할머니가 서 있는 듯한 착각마저 들었다.

"글쎄요. 허. 허."

선영은 사내를 뒤로하고 느린 걸음으로 문으로 다가갔다. 고양이가 문밖에서 어슬렁거리다 문이 열리는 걸 보고 달아나다 멈췄다. 사내는 가게 문을 열고 나가려는 선영을 보고 물었다.

"아가씨는 그 책에 추억이 있는 거요?"

"누군가의 추억이 있는 건 알죠. 추억 없는 헌책은 세상에 없으니까요."

"누군가의 추억이라…."

사내는 까다로운 여자 손님이 나간 문을 보며 여기 온 손님들이 어떤 마음으로 왔을지 생각했다. 이전에는 한 번도 이런 생각을 해 본 적이 없었다. 원주인이었던 할머니는 사내에게 헌책은 헌책대로 두라는 말을 귀가 아프게 했었다. 사내는 흘려들었던 그 잔소리가 떠올라 심란했다.

 선영은 문밖으로 나오자마자 바로 핸드폰을 꺼내 책을 찾았다는 메시지를 남자에게 보냈다. 이윽고 남자로부터 날을 봐서 곧 선영의 가게에 들르겠다는 메시지가 날아왔다. 저녁 늦은 시간 남자가 가게로 찾아왔다. 선영은 진열대 한 곳에서 책 한 권을 꺼냈다. 그리고 예약이라고 쓰인 띠지를 떼어냈다.

 "찾으시던 책. 여기 있습니다."

 선영은 깍듯하게 책을 들어 남자에게 건넸다. 남자가 그렇게 찾던 책 『크리스마스 캐럴』이었다. 책은 희진이가 들고 왔던 책만큼 낡아 있었다. 남자는 시간을 먹어 바래진 책장을 조심스럽게 넘겼다.

 "이 책을 다시 보다니. 찾느라 정말 수고 하셨겠어요."

 "그냥 운이 좋았어요. 이 책이 손님하고 인연이 있었나 봐요."

 선영은 기뻐하는 남자를 흐뭇하게 바라보았다.

 선영이 남자의 책을 찾아준 후로 서너 달이 흘렀다. 쌀쌀한 바람이 불어오며 완연한 겨울이 왔다. 때는 12월로 접어들고 있었다. 선영은 크리스마스를 맞아 트리나 꽃장식 같은 크리스마스 장식으로 가게를 한껏 꾸몄다. 장식만이 아니었다. 진열대에는 크리스마스에 어울리는 책도 몇 권 구했다. 새로 구한 책들은 찰스 디킨스의 『크리스마스 캐럴』 옆에 놓아두었다.

 선영은 남자 손님은 그 여자분에게 책을 잘 전해주었을지 궁금했다. 잘 전달했다면 아마 12월 어느 때에 두 사람은 『크리스마스 캐럴』을 다시 읽고 있을지도 모른다. 책을 읽고 있을 두 사람이 머릿속에 그려졌다. 선영은 두 사람의 모습이 희미해지기 전에 만화로 그려 남겨놓기로 했다. 선영은 펜으로 노트 위에 선을 그었다. 책을 읽고 있는 두 사람이 그려졌다. 하지만 아직 이 만화의 결말을 그릴 수는 없었다. 아마 이 만화를 완성하려면 다음 이야기가 더 필요해 보였다.

어떻게 만화가 끝날지 알 수 없었다. 선영은 일단 콘티라도 그려두기로 했다. 늦은 밤 번화가의 가게들도 골목의 가게들도 모두 하나둘 불이 꺼져가는데 '책과 수프'는 홀로 불을 밝히고 있었다.

2

재구는 화장실에서 세수하고 거울을 보았다. 주름이 깊게 패기 시작한 모습이 거울에 비쳤다. 그는 주름을 보고 한숨을 쉬었다. 하나씩 늘어가는 주름을 보니 나이가 들어간다는 게 실감이 난다. 그렇지만 미간에 팬 주름을 보니 속이 쓰렸다. 이 주름을 펴려고 난생처음 피부과까지 갔었다. 거기서 거금 오만 원이나 가까이 주면서 보톡스를 쏘았는데 효과가 얼마 가지 않았다. 불과 두 달이 지나자 이전처럼 미간에 주름이 다시 파이기 시작했다. 주위에 사람들은 재구에게 걱정거리가 많으니 주름이 파이는 거라고들 했다. 스스로 되물어 보았다. 걱정거리가 많은가. 걱정이라기보다는 쓸데없는 우울함은 있었다. 과거에 씁쓸했던 기억들이 불쑥불쑥 나타나 재구를 괴롭혔다. 마흔이 넘어가니 지나간 생이 어땠는지 자꾸 불현듯 뒤돌아볼 때가 많아진다. 그러다 보면 상념에 잠기게 되고 상념의 끝은 항상 씁쓸한 기억들로 마무리된다. 올해에는 긍정적으로 살자고 다짐했다. 세상에는 밝음과 어둠이 있으니 밝음을 보고 살자고 결심했다. 그런데 그 다짐은 예기치 않게 어그러졌다.

세수하고 자리로 돌아온 재구를 보고 주위 동료들이 걱정스럽게 쳐다보았다. 교통과 공무원으로 일하고 있는 재구는 몇 년 후면 근속으로 이십 년을 채운다. 하지만 이렇게 오래 일해도 이따금 진상 민원에 당하는 것만큼은 아직 적응되지 않았다. 조금 전 일을 말하자면, 주차 단속을 받은 민원인이 와서 항의하다가 재구의 멱살을 잡고 뺨을 때렸다. 그냥 때린 게 아니라 후려갈겼다. 재구는 얼떨결에 뺨을 맞으면서도 화를 삭이며 씩씩거리는 민원인을 진정시켰다. 다른 동료들과 계장까지 와서 민원인을 재구에게서 떼어놓았다. 재구는 동료들한테 둘러싸인 민원인을 보면서 화장실로 갔던 것이다.

"그걸 참다니 대단해요."

옆자리에 앉은 동료가 재구를 보며 말했다.

"박 주사 사람이 선해서 그래. 그런 상황에서도 손이 안 나가는 거 보면 사람이 착해."

계장도 재구를 보며 한마디 했다.

순한 인상의 재구는 착하다는 말을 자주 들었다. 재구는 그런 말을 들을 때면 속으로는 썩 좋지 않다. 순하다는 말은 만만하다는 거니까. 재구가 만난 여자들도 모두 재구에게 그랬다.

"재구 씨는 착해요."

"오빠는 착해서 좋아."

뭐 그렇지만 다들 재구를 진지하게 만나주지 않았다. 여자들이 보기에도 재구는 만만했던 것 같다.

근무를 끝낸 재구는 집 앞에서 저녁에 먹을 햄버거를 사서 집으로 왔다. 문 앞에는 택배가 와 있었다. 택배를 본 재구는 순간적으로 무얼 주문했는지 잊어먹었다. 아마도 또 무언가 쓸데없는 걸 충동적으로 구매했던 것 같다. 거실에서 택배 상자를 열어보니 책이 있었다. 책은 『오만과 편견』이었다. 왜 이 책을 산 걸까. 책에는 '번역 이희진'이라고 씌어 있었다. 번역자를 본 재구는 왜 이 책을 샀는지 기억이 났다. 번역자의 이름이 재구가 대학 시절 좋아했던 그녀의 이름과 같았다. 그래서 충동적으로 구매 버튼을 눌렀었다.

***

재구는 대학교 때 도서관 동아리에 있었다. 도서관 동아리는 책을 읽고 감상을 서로 나눠보는 독서 모임이었다. 책을 좋아하는 재구에게 다른 곳보다 잘 맞는 동아리였다. 재구가 동아리에 처음 방문했을 때 삼삼오오 모여 있는 사람들 사이에 빛이 나는 여학생이

한 명 있었다. 그 여학생이 희진이었다. 한쪽에만 귀걸이를 하고 긴 머리를 뒤로 묶어 넘긴 희진은 너무 예뻤다. 재구는 희진을 보자마자 이 동아리에 가입해야겠다고 결심했다. 희진의 고향은 재구와 같은 수원이었다. 서로 같은 고향이어서 그런지 빨리 친해졌다. 재구와 희진은 음식이나 음악 취향도 비슷했다. 두 사람은 대화를 시작하면 끝이 나지 않았다. 그런 두 사람을 보고 두 사람이 잘 어울린다고 농담하는 친구들도 있었다. 희진은 그런 농담에 "재구는 내 소울메이트야."라고 농담으로 응수하고는 했다. 재구는 희진의 그 말이 농담인 줄은 알았지만 정말 소울메이트였으면 좋겠다고 속으로 생각했다.

희진은 외국 문학 작품을 즐겨 읽었다. 특히 영어권 소설들을 읽었다. 희진이 좋아하던 작가들은 많았지만, 그중에서 찰스 디킨스를 가장 좋아했다. 어느 날 동아리 친구 중에서 한 명이 영어 공부도 할 겸 원서로 읽어보자고 제안했다. 그래서 무얼 읽을지 다들 원서 한 권과 번역본을 준비해 오기로 했다. 원서 읽기에 가장 의욕을 보인 건 희진이었다. 모두 읽어보고 싶은 책을 준비해 오기로 한 날이었다. 희진은 찰스 디킨스의 소설 『크리스마스 캐럴』 원서 한 권과 오래되어 보이는 번역본을 들고 왔다. 희진이 번역본이라고 하며 들고 온 책은 너무 낡아 종이가 색이 바랬고 글씨는 세로 글로 되어 있어 읽기 불편했다. 희진은 자신이 제일 좋아하는 책이고 같이 읽어보고 싶었다며 신났지만, 친구들은 생각이 달랐다. 희진이 친절하게 원서하고 비교해 가며 설명해도 몇 장 펼쳐 보더니 다들 흥미 없어 했다. 희진을 제외하고 낡은 책에 흥미를 보인 건 재구가 유일했다.

"이 책 굉장해. 번역을 봐봐, 스크루지 영감이 바로 눈앞에 있는 것 같지 않아? 이 부분은 유령들 등장할 때 스크루지가 떠는 장면인데 정말 소름이 돋게 묘사하는 거 봐."

희진은 재구가 흥미를 보이자 눈을 반짝이면서 인상 깊은 구절을 짚어가며 열심히 설명했다.

그 책은 희진이 설명하는 만큼 훌륭했다. 어쩌면 희진이 그만큼 좋아하는 책이었으니 재구도 좋아했는지 모른다.

각자 가져온 책 중에서 읽을 책을 다수결로 결정했고, 그때 읽을 책으로 결정된 책이 『오만과 편견』이었다. 희진은 『오만과 편견』도 좋아했지만 가져온 책을 같이 읽지 못해서 못내 아쉬워했다. 학기가 끝나는 날, 희진은 이 여름에 계절 학기를 들어야 해서 학교로 다시 와야 한다고 푸념했다. 그리고 농담 삼아 "나하고 같이 학교에 남을 사람?"이라고 물었다. 다들 그 말에 시큰둥해하자, 밥도 사주고 가끔 술도 사주겠다면서 조건까지 붙였다. 그래도 소용없자 희진은 다들 의리 없다고 하며 낙담했다. 그때 재구가 학교에서 공부할 생각이라 기숙사에 남는다고 했다. 그 말에 희진은 혼자 학교에 있지 않아서 좋다며 반색하며 반겼다. 원래 재구가 학교에 남을 계획은 없었다. 희진이 학교에 온다는 말에 없던 계획이 생겼다. 수업이 끝나면 희진과 둘이서 구내식당에서 밥을 먹었다. 한 날 희진은 『크리스마스 캐럴』을 같이 읽어볼 생각이 없는지 물었다. 희진은 이전에 같이 읽지 못한 걸 아직 아쉬워하고 있었다. 재구는 거절할 이유가 없었다. 재구는 생각했다.

'같이 밥만 먹고 헤어지는데 희진의 제안에 응하면 좀 더 둘이서 같이 있을 수 있게 된다.'

재구는 그 책이 자신도 무척 마음에 들었다며 같이 읽어보자고 말했다. 그때 희진과 같이 열심히 그 책을 읽었는데 자세한 건 지금 거의 잊어버렸다. 시간이 많이 흘렀고, 그 후로 찰스 디킨스의 『크리스마스 캐럴』을 읽어본 적은 없었다. 그래도 지금도 기억하는 건 분홍색 셔츠를 입고 머리카락을 쓸어 넘기던 희진의 모습이었다.

같이 그 낡은 책을 읽으면서 희진은 자신이 왜 그렇게 아끼는지에 관한 이야기도 들려줬다. 중학교 때 아파서 요양하러 시골 할머니 댁에서 보내던 때가 있었다. 그때 전학을 가서 학교도 낯설고 시골도 낯설었는데, 창고에서 찾은 책 두 권이 있었다고 했다. 그중의 하나가 이 책 찰스 디킨스의 『크리스마스 캐럴』이었다고 했다.

"어릴 때 풀밭에서 숨겨 놓은 보물찾기해 본 적 있어? 그 책을 봤을 때 느낌이 딱 그랬어. 누구도 모르는 보물을 찾은 느낌."

희진은 책을 찾은 느낌을 그렇게 말했다. 그밖에 시골 생활이라든가 시골 학교에서 있었던 일들을 많이 들었는데 지금은 다 기억나지 않았다.

***

주말이 시작되는 토요일. 약속이 없는 재구는 집에서 뒹굴다가 오후 5시 정도에 밖을 나왔다. 그다지 운동을 즐겨 하지 않지만, 오늘은 가볍게 뛰기라고 해볼 작정이었다. 재구가 이사 온 아파트 옆에는 자전거 길이 있어 걷거나 운동하기에 적당했다. 500여 m를 뛰고 걷기를 반복하다 공원처럼 조성된 공터에서 멈췄다. 숨이나 좀 돌릴 겸 공터 벤치에 앉은 재구는 음악을 들으려 핸드폰의 이어폰을 귀에 꽂았다. 공터에는 개를 데리고 산책 온 사람들이 많이 보였다. 산책하는 사람들을 구경하고 있는데, 저 멀리서 후드티에 츄리닝 차림의 누군가가 재구를 물끄러미 쳐다보고 있었다. 재구는 자신을 보는 듯한 사람과 눈이 마주쳤다. 재구를 쳐다보고 있던 사람은 천천히 한 손에는 개의 목줄을 쥔 채 다가왔다. 가까이 온 사람은 여자였다. 여자는 후드티를 벗더니 재구를 아는 듯한 얼굴로 말을 건네왔다.

"혹시, 재구? 박재구 맞지?"

재구는 자신을 재구로 알아보는 여자를 쳐다보았다. 낯이 익었다. 큰 눈에 귀가 보일 정도로 짧게 자른 단발머리. 여자를 보고 재구는 서서히 기억이 돌아왔다. 머리 스타일은 바뀌었지만, 눈가에 주름은 몇 가닥 생겼지만, 그녀가 누군지 재구는 알았다.

"희진이? 이희진?"

재구는 황급하게 이어폰을 빼고 고조된 목소리로 여자의 이름을 불렀다. 여자는 자신이 재구가 아는 그 희진이라고 하며 웃었다. 재구는 벤치에서 몸을 옮겨 희진이 앉을 자리를 만들었다.

"내가 눈이 좋잖아. 공터 벤치에 누가 앉아 있는 걸 보니까 자꾸 누가 생각나는 거야. 그래서 와봤더니 너였어. 이런 데서 보다니."

희진은 들뜬 목소리로 어떻게 재구를 봤는지 두서없이 말했다. 재구는 그런 희진의 말을 들으며 그냥 조용하게 웃었다. 재구는 지금 이 상황이 마치 꿈을 꾸는 것만 같아 믿기지 않았다. 둘 다 같은 수원에 살고 있으니 언젠가 어딘가에서 마주치지 않을까 하는 상상을 해본 적은 있었다. 하지만 연락이 끊어지고 나서 희진을 본 적은 없었다. 수원은 우연히 마주치기에는 너무 큰 도시였다.

재구는 여기 근처 아파트로 이사 온 지 이 년 정도 된다고 했다. 희진은 재구의 아파트와 멀지 않은 곳의 아파트에 사는데 거기서 오 년 넘게 살고 있다고 말했다. 그리고 항상 이 공터로 이 시간에 와서 개를 데리고 산책한다고 했다. 이 년이나 가까이 살면서도 서로 모르고 있었다.

"내가 이 시간에 운동하러 안 나왔으면 너하고 못 만났다는 말이잖아."

"운동하러 왔다고 해도 여기 공터로 오지 않고 저쪽으로 빙 돌다가 갔으면 못 만났겠지."

희진은 빙 돌다가 간다고 말하며 손으로 크게 원을 그렸다. 그걸 보고 재구는 크게 웃음을 터트렸다. 희진도 재구가 웃는 걸 보며 같이 웃었다.

"정말 참. 이렇게 보다니. 그런데 우리 몇 년 만에 보는 거지?"

희진이 말했다.

"햇수로 세어보면, 십…. 육 년?"

재구가 손으로 햇수를 꼽아보며 말했다. 재구는 대학 졸업하고도 몇 년 동안은 동아리에서 친해진 친구들과 같이 모임을 가질 때 희진이도 같이 봤었다. 그러다가 희진이 곧 결혼한다는 이야기를 듣고 상심한 재구는 모임에 더는 나가지 않았다. 그 후로 동아리 친구들하고 연락도 끊어졌고 희진이와도 연락이 끊겼다. 두 사람은 그동안 어떻게 살았는지, 무슨 일을 하는지, 지금 어디에 살고 있는지 등 서로의 안부와 근황에 관해서 이야기했다. 희진은 학교 졸업하고 광고 회사에 잠깐 일하다가 통번역대학원에 들어갔다. 그 후로 지금까지 번역하는 일을 하고 있다고 했다. 희진은 그동안 번역했던 책들을 소개했다. 희진이 번역했다고 말한 책에 『오만과 편견』도 있었다.

"대학교 다닐 때 말이야. 동아리에서 『오만과 편견』을 원서로 읽었는데, 네가 이렇게 다시 번역해서 책을 낼 줄은 몰랐어."

"방학 때 둘이서 남아서 찰스 디킨스 『크리스마스 캐럴』도 읽었잖아. 그것도 기억나?"

"그럼, 기억나지. 『크리스마스 캐럴』이라, 네가 정말 좋아하는 책이라고 했었지. 무척 낡았고 세로 글로 된 책이었지. 그 책 아직 가지고 있어?"

"아니, 안타깝게도 분실했어. 엄마가 집 정리하시다가 실수로 버리셨어. 내 보물이었는데. 그 책 못 본 지도 십 년 넘은 거 같다."

희진은 분실한 걸 떠올리자 아직 분한 듯 주먹을 꽉 쥐었다.

"중간에 생뚱맞게 찢긴 소설책을 읽는 기분이라고 할까. 내 어린 시절 추억의 한 부분이 날아간 거 같아."

안타까워하는 희진을 보니 재구도 안타까웠다. 재구는 희진의 기분을 풀어주려고 화제를 바꿨다.

"재미있는 이야기 하나 해줄까? 얼마 전에 책 판매하는 온라인 사이트에서 『오만과 편견』을 봤어. 동아리에서 같이 읽었던 기억이 나더라. 그런데 번역자에 이름이 너하고 같은 거야. 그래서 샀어."

"그래?"

희진은 재구가 이름만 보고 자신이 번역한 책을 샀다는 말에 놀라워했다. 두 사람은 학교 다닐 때 같이 어울려 놀던 추억들을 한둘씩 꺼내 이야기했다. 재구는 그 시절 이야기를 하고 있으니 그때로 돌아간 느낌이 들었다. 학교 다니던 이야기를 하다가 화제가 떨어지자 잠시 침묵이 흘렀다. 서로 말없이 눈빛만 주고받다가 먼저 희진이 침묵을 깼다.

"결혼은?"

희진이 물었다.

"아니 아직."

재구는 씁쓸하게 웃었다.

"좋은 사람 나타날 건데 뭐."

희진이 재구 등을 쓰다듬으며 두드려 주었다. 재구는 괜스레 쑥스러워 멋쩍게 웃었다. 희진이 불쑥 손을 내밀며 악수하는 시늉을 했다. 재구는 무슨 의미인지 몰라 희진을 물끄러미 보았다.

"나하고 동지네. 나도 혼자야."

희진은 어색하게 손을 뻗어 희진의 손을 잡은 재구를 보며 말했다.

"돌싱 알지? 이혼했어."

희진은 씩씩하게 말했지만 목소리가 약간 떨리는데 슬프게 느껴졌다. 재구는 격려의 마음을 담아 희진의 손을 꼭 쥐었다.

"둘 다 근처에 사니까 자주 볼 수 있겠다. 또 보자. 오늘 즐거웠어."

희진은 재구와 헤어지는 길에 돌아서서 손을 흔들어 보였다.

"또 보자."라는 말이 메아리처럼 재구의 가슴에 울렸다.

재구는 희진과 헤어지고 나서 계속 보고 싶었지만 그럴 수 있을지 회의적이었다. 학교 다닐 때 어울려 지내던 친구를 다시 우연히 만난 적은 이전에도 몇 번 있었다. 공무원 준비한다고 시립 도서관에 갔다가 고등학교 때 같은 반이었던 친구를 만난 적도 있고, 밖에서 주차 단속 업무를 하다가 단속 용지를 들고 항의하러 온 중학교 시절 친구를 만난 적도 있었다. 모두 처음에는 무척 반가워하고 자주 보자고 하지만 그뿐이었다. 친구들로부터 연락은 좀처럼 오지 않았고 재구가 기다리다 연락하면 이런저런 핑계로 밖에서 보기를 꺼렸다. 다들 오랜만에 예전 친구를 봐서 반가웠을 뿐 그 반가움도 그날 한 번뿐이었다. 하지만 희진이 자주 보자고 한 말은 빈말이 아니었다. 토요일 오후 어느 때 희진은 재구에게 차 한잔하자며 연락했다. 아파트 골목을 돌아 희진이 보자고 한 곳에 와서 보니 짙은 회색 담벼락이 있는 아담한 찻집이 있었다.

"번역 작업 하다가 바깥바람 쐬고 싶을 때 자주 오는 곳이야. 분위기 괜찮지?"

"집에서 멀지도 않은데 이런 데가 있는 줄은 몰랐네. 분위기 좋아. 희진이 너하고 어울리는 곳이다."

두 사람은 일주일 동안 있었던 사소한 일들을 꺼내 이야기했다. 희진이는 중학생인 딸의 학교생활이나 키우는 개에 관한 이야기를, 재구는 진상이나 까다로운 민원인들에 관한 이야기를 했다.

"내 딸이라서 그런지 씩씩해. 너무 씩씩해서 오히려 탈이지."

희진이 아직 뜨거워 김이 나는 쌍화차를 후후 불며 마셨다.

"희진이 딸 답네."

"우리 자인이가 조숙하거든, 저도 편치 않을 텐데 혼자인 나 생각해서 더 활발하게 행동하는 건지도 몰라. 그래서 늘 미안해."

희진의 얼굴에 그늘이 졌다. 재구는 할 수 있다면 그 그늘을 치워

주고 싶었다.

그는 조용히 반쯤 비워진 희진의 잔에 찻물을 부어주었다. 재구는 찻물을 부으며 속으로 이 차가 마음의 상처를 메워주는 약차였으면 했다.

재구와 희진의 만남은 이제 일상의 한 부분이 되었다. 주말이 아니라 평일 어느 때라도 서로 편하게 연락하고 만났다. 집 앞 마트에서 같이 장을 보러 갈 때도 있었고, 가까운 옷 판매점에 들러 옷을 사러 갈 때도 있었다. 늘 어제 같은 오늘이 반복되던 평일 어느 때였다. 희진이 혼자 저녁 먹는 재구를 불러내어 같이 저녁을 먹자고 했다. 희진의 딸도 같이 먹을 거라는 말에 재구는 조금 걱정스러운 말로 물었다.

"내가 같이 먹으면 오해하지 않을까."

그 말에 희진은 웃으며 말했다.

"엄마가 새아빠 데려오는 거로 보일까 봐? 너는 괜찮아."

괜찮다는 말에 안심은 되지만 망설임도 없이 말하니 이상하게 살짝 서운했다. 재구는 희진과 그녀의 딸 자인과 함께 아파트 근처 돈가스 가게에서 저녁을 먹었다. 자인은 예의가 발랐고 희진의 말대로 씩씩했다. 늘 혼자 먹는 저녁이었는데 이렇게 먹으니 오랜만에 가족들과 먹는 식사 자리 같은 느낌마저 들었다. 이날 저녁 식사 이후 희진과 둘이 있을 때 재구는 슬쩍 자인이 자신을 어떻게 봤는지 물어보았다. 희진은 자인이 재구가 인상이 착해 보여서 좋은 사람으로 보였다고 대답했다. 늘상 받는 인물평이고 내심 내켜 하지 않는 평가지만 왠지 자인이가 그렇게 봤다니 인정받은 거 같아 기뻤다.

　재구는 마흔을 넘기면서 지난 삶을 돌아보니 쓸쓸한 기억밖에 나지 않아 외롭다는 생각을 자주 했었다. 하지만 요즘은 그런 생각을 하지 않게 되었다. 회색빛만 있던 재구의 기억은 즐거운 기억들로 덧칠되어 갔다. 재구는 고마운 마음에 희진에게 무언가 해주고 싶어졌다. 하지만 어떻게 해야 할지 몰라 생각만 하고 있었다. 그러던 어느 날 희진이 수원에 헌책을 파는 중고 책 서점이 하나 생겼다고 구경하러 가자고 했다. 희진은 거기 가면 어릴 때 봤던 찰스 디킨스의 소설을 찾을 수 있을지도 모르니 같이 가보자고 했다. 그 서점은 집에서 좀 멀리 떨어진 곳에 있었다. 그런데 그 서점에는 안타깝게도 희진이 찾는 책은 없었다. 희진은 크게 기대하지 않았다고 했다. 하지만 얼굴을 보니 퍽 실망한 기색이었다. 재구는 여기서 그 책은 찾지 못했지만, 자신이 희진을 위해 무얼 해야 할지는 알게 되었다. 재구는 희진이 다시 보고 싶어 하는 그 책을 찾으려고 애썼다. 희진에게는 말하지 않았다. 풀밭에서 보물을 찾는 심정으로 헌책방 들이 있는 곳을 돌아다녔다. 덕분에 희진이 재구를 보자고 불러도 못 볼 때도 있었다. 희진은 재구가 전보다 바빠진 것 같은 느낌이 들었지만, 그냥 사람들 만날 일이 많아진 거로만 생각했다. 재구는 갈만한 헌책방은 모두 가서 봤지만, 그 책만은 좀처럼 찾을 수 없었다. 하지만 여기, 저기 돌아다니며 수소문한 끝에 재구가 가보지 않은 헌책방 한 곳을 알게 되었다. 사람들이 말하기를 거기는 헌책방이라기보다 북카페라고 했다. 수프 가게라고 말하는 사람도 있었다. 소문에 의하면 거기에 사장이 희귀한 책들을 사다가 수집하고 있다고 했다. 그리고 무엇보다도 부탁하면 때에 따라서는 직접 찾아서 구해도 준다는 말을 들었다. 재구는 그곳에 가보기로 했다. 다행히 수도권을 벗어나 지방까지 가지 않아도 되니 갈만했다. 재구는 바로 자동차의 키를 돌려 시동을 걸었다.

  가게는 예스러운 느낌이 물씬 풍기는 곳이었다. 점원은 따로 없고 사장 혼자 하는 일인 가게였다. 사장은 삼십 대 초반 즈음으로 보이는 여자였다. 손님들은 책을 보거나 수프를 먹고 있었다. 벽에 진열된 책들을 보니 사람들 말대로 척 봐도 오래된 책들이 드문드문 진열대에 놓여 있었다. 재구는 원하는 책이 있는지 유심히 찾아보았지만 안타깝게도 여기도 없는 듯 보였다. 재구는 할 수 없이 사장에게 책을 찾아줄 수 있는지 물었다. 여자 사장은 재구의 간절함에 마음이 움직였는지 찾아보겠다고 말했다. 그리고 한 달 좀 넘은 어느 때에 그 가게의 사장인 선영으로부터 책을 찾았다는 메시지가 왔다.

  선영이 건네준 책을 보니 재구의 기억 속에 그 책이 확실했다. 희진과 함께 학교에 남아 읽던 그 책이었다. 이 책 역시 낡을 대로 낡아 종이는 색이 바랬고 모서리 부분이 닳아 마모된 곳도 있었다. 하지만 낡은 이 책은 보기만 해도 젊었고 같이 있어 가슴 떨렸던 그 기억을 저절로 떠올리게 했다. 재구는 너무 감격해서 목이 메었다. 선영은 그런 재구를 흐뭇하게 보았다. 재구는 책을 건네줄 생각에 들떴다. 희진이 이 책을 보면 얼마나 기뻐할지 상상만 해도 설레었다. 마음 같아서는 당장 전화해서 책을 찾았다고 말해주고 싶었다. 재구는 어떻게 책을 줄지 생각하다 좋은 수가 떠올랐다. 그리고 책을 찾게 되면, 희진이 전혀 생각하지도 못하는 순간에 선물로 이 책을 건네주기로 마음먹었다.

주말을 며칠 앞둔 평일 밤에 희진으로부터 자주 가는 찻집에서 보자는 연락이 왔다. 재구는 희진에게 줄 책을 챙겨 나갔다. 그런데 그날에 희진은 좀 복잡한 얼굴을 하고 있었다. 재구는 직감으로 책을 건네줄 분위기가 아니라는 느낌을 받았다. 차를 마시며 무언가 할 말이 있는 듯 뜸을 들이던 희진이 무겁게 입을 열었다.

"나 있잖아. 엊그제 애 아빠를 만났거든. 다시 잘해보고 싶대. 유통 쪽으로 사업을 크게 하다가 망하면서 빚을 졌거든. 어떻게 살아 보려고 하다 무너졌어. 무너지니까 사람이 변하더라. 화도 잘 내고 안 먹던 술까지 먹고 걸핏하면 소리 지르고…."

희진은 말을 하다가 힘들었던 때가 떠올랐는지 말을 하다가 울컥하며 말을 삼켰다. 희진의 눈가에는 눈물이 맺혀 있었다.

"힘들었겠구나."

재구는 품에서 손수건을 꺼내 희진에게 건넸다. 희진은 고맙다고 말하며 손수건으로 눈물을 닦아내었다.

"엊그제 만났는데, 이제 술도 끊었대. 뭐 하고 지내냐고 하니, 어디 경비 회사에 취직했대. 그리고 나한테는 말 안 했는데 딸애하고는 만나고 있었더라. 자인이한테 물어보니 아빠하고 만났다네."

"자인이는 이제 아빠 불편하지 않아 하고?"

재구는 자인이가 아빠를 불편해해서 그동안 안 만났다는 이야기를 들었었다.

"아빠가 건강해진 거 같아 기뻤대. 그 말이 참. 아빠가 어쩌면 편하지 않을 텐데 그래도 제 아빠라고 이해해 주려고 하는 게 보이잖아."

희진은 고민이 깊어 보였다. 희진은 말하면서 차를 한 모금도 마시지 않았다. 그저 찻잔만 손으로 돌리고 있었다. 희진의 고민에 걱정이 되는 건 재구도 마찬가지였다.

"나 다시 애 아빠하고 합쳐도 되는 걸까?"

희진이 재구에게 물었다. 눈이 슬펐다.

"너는 어때. 합치고 싶어?"

"모르겠어. 지금으로서는 '절대로 안 돼.'는 아닌 것 같아."

재구는 어떤 대답을 해주어야 할지 고민했다.

"그렇다면 시간이 해결해 주겠지. 자인이 아빠도 노력하고 있으니까. 네가 다시 합쳐도 되겠다는 확신이 든다면 그때 해도 괜찮을 거야."

재구는 마음 한구석에 슬픈 기분을 접어두고 희진에게 최선일지 모르는 말을 해주었다. 그게 친구로서 도리니까.

"고마워. 이런 말을 해줄 수 있는 친구가 곁에 있으니 좋네."

희진은 재구의 말을 듣고 미소를 지었다.

재구는 결국 그날 책을 건네주지 못했다. 아마 앞으로 한동안 희진이 예전처럼 밝은 모습을 보기가 어려울 거라는 생각이 들었다. 그러고 언젠가 희진이 재결합한다면 이곳을 떠날 것이고 그렇다면 이제는 정말로 연락하기도 어려워질 거라는 생각마저 들었다. 재구는 희진과의 사이에서 자신은 결국 무엇이었는지 다시 돌아보았다. 자신은 그녀의 친구였다. 그런데 자신은 친구일 텐데 왜 이리 슬픈 마음이 계속 드는 건지 눈물이 났다. 재구의 예감은 그리 틀리지 않았다. 11월이 끝나가는 겨울 어느 때에 희진은 다시 남편과 재결합하기로 했다고 말했다. 희진은 남편과 딸 자인이와 함께 셋이서 식당에서 밥을 먹었는데, 셋이서 행복했던 때가 떠오르더라고 했다. 재구는 다시 예전처럼 웃는 희진을 보니 자신도 너무 기쁘다고 말했다. 마음속으로는 울고 있었지만 기쁘다고 말해주었다.

재구는 전해주지 못한 책을 들고 그 가게 '책과 수프'로 다시 갔다. 이제는 책을 줄 용기가 나지 않았다. 그냥 그 가게에 두는 것도 괜찮은 것 같았다. 다른 희귀한 책들처럼 그렇게 진열대에 있으면 그거대로 어울릴 것 같았다. 재구는 책을 챙겨 '책과 수프'로 차를 몰아 달렸다.

"이 책을 기증하겠다고요? 정말이요?"

사장 선영은 재구의 말에 의아해하며 계속 되물었다. 재구는 기증하는 이유를 설명했지만, 선영은 이해하지 못하는 모양새였다. 선영은 재구에게 다른 사정이 있는 것 같으니 말해달라고 재촉했다. 재구는 선영의 재촉에 적잖이 동요했다. 그는 자리에 앉아 사정을 털어놓았다. 재구는 자신이 좋아하는 희진이 이혼한 전 남편 곁으로 돌아간다고 했다. 그리고 자신은 결국 희진에게 지나가는 인연에 불과했음을 알았다고 하며 슬퍼했다.

"이제는 이 책을 제가 직접 전해주는 게 의미가 없이 느껴지네요. 책이 여기 있다고 말해주면 희진이가 여기에 오겠죠. 그걸로 괜찮아요."

괜찮다고 하는 남자의 말과 다르게 전혀 괜찮아 보이지 않았다. 말을 마친 남자의 표정은 더없이 쓸쓸해 보였다.

"이 책은 재구 씨가 직접 희진 씨에게 건네주는 게 좋을 것 같아요. 이 책은 이 가게와는 어울리지 않거든요."

선영은 책을 재구에게 건네주었다. 그래도 주저하는 재구를 보고 선영이 말했다.

"이 책은 재구 씨하고 희진 씨, 두 사람만의 추억이에요."

그리고 선영은 책을 들어 재구의 손에 쥐여주었다. 재구는 손에 들린 책을 보며 생각에 잠겼다. 재구는 책을 다시 들고 집으로 돌아왔다. 그리고 어떻게 할지 깊은 고민에 빠졌다. 선영이 말해준 "두 사람만의 추억"이라는 말이 자꾸 머릿속에서 맴돌았다. 재구는 고민 끝에 스스로 어떤 결정을 내렸다. 그는 희진을 위해 자신이 해줄 수 있는 최선이 무엇인지 생각했다. 그것만 생각하기로 했다.

***

재구는 희진과 같이 '책과 수프'로 왔다. 희진은 가게를 둘러보고는 무척 마음에 들어 했다. 희진이 이런 가게는 어떻게 찾았냐고 묻자 재구는 무언가를 열심히 찾다가 보니 이런 곳을 발견했다고 말했다. 두 사람은 책을 구경하다가 창과 가까운 자리에 앉아 수프를 주문했다. 따뜻한 수프가 겨울 추위로 언 몸을 데웠다. 따뜻한 수프와 함께 대화는 무르익어 갔다. 재구는 대화 중에 적당한 때를 보고 예쁜 포장지로 포장된 물건을 가방에서 꺼내어 테이블 위에 올려놓았다.

"이건 뭐야?"

희진이 놀란 눈으로 이게 뭐냐고 물었다.

"희진아, 너한테 줄 선물이 있어. 크리스마스는 아직 앞이지만 미리 줄게."

재구는 포장한 선물 상자를 뜯어보라는 제스처를 하며 희진의 앞으로 밀었다. 희진은 먹던 수프 접시를 한쪽으로 치우고 선물 포장지를 뜯었다.

"어머, 이게 뭐야. 이걸 어떻게 구했어? 어디에서?"

희진은 포장지가 벗겨져 드러난 책을 보고 한껏 놀란 눈을 하며 감탄했다.

"찾느라 고생 좀 했어. 여기 사장님도 도와주셨지."

재구는 손을 들어 선영을 가리켰다. 희진은 책을 들고 일어서 선영에게 감사하다고 말하며 몇 번이고 고개를 숙여 인사했다. 선영은 인사하는 희진을 말리며 진짜 고생은 재구가 했으며 자신은 약간 거든 거밖에 없다고 말했다.

희진은 설레는 마음으로 『크리스마스 캐럴』의 책장을 조심스럽게 넘겼다. 책장이 한 장씩 넘어갈 때마다 어린 시절 시골에서 있던 추억들과 재구와 함께 책을 읽던 스무 살 언저리 무렵의 일들이 파노라마처럼 지나갔다. 희진이 책에 열중하고 있는 동안 선영은 두 사람을 위해 쿠키를 접시에 담았다.

"앞으로 좋은 일이 계속될 거야. 남편하고 재결합하기로 한 것도 그렇고 이렇게 이 책도 다시 찾았잖아."

재구가 선영이 서비스로 들고 온 쿠키를 받아서 테이블 위에 올리며 말했다.

"그건 좀 더 두고 보기로 했어. 자인이 아빠가 변하려고 노력하는 건 맞는데, 우리가 헤어진 이유가 그것만 있는 게 아니니까."

희진은 쓸쓸한 미소를 지었다. 하지만 전처럼 어두운 표정은 아니었다. 희진의 말을 들어보니, 당장은 남편에게 돌아가지는 않을 것 같았다. 재구는 접었던 희망을 조금은 더 남겨놓기로 했다.

"잘될 거야."

재구가 말했다. 희진은 재구의 말 한마디에서 먹고 있는 수프처럼 따뜻한 기운을 받았다. 희진은 재구의 말에 미소로 화답했다.

"선물 고마워. 이 선물은 정말 못 잊겠다."

희진은 예전처럼 밝은 얼굴로 돌아와 재구도 볼 수 있게 책을 가로로 돌려놓았다. 그리고 여러 페이지를 넘기더니 손으로 책의 어느 부분을 가리켰다.

"이 부분이 내가 제일 좋아하는 장면이거든. 여기 보면 말이야."

희진과 재구는 책을 보며 추억에 잠겼다. 두 사람은 어느새 스무 살 언저리 어디쯤으로 가 있었다.

12월 끝자락에 재구는 '책과 수프'에 다시 들렀다. 그는 희진과 같이 볼 책을 사고 싶어서 왔다고 했다. 그는 희진에게 크리스마스 선물로 그 책 『크리스마스 캐럴』을 건네주고 난 후에 일들을 간단한 안부와 함께 전해주었다. 재구가 가게를 다녀간 후에 선영은 재구와 희진의 이야기를 마저 그렸다. 선영이 그린 만화의 마지막 장면에는 크리스마스에 소공연장에서 인디가수의 공연을 보고 있는 두 사람이 있었다.

밤을 밝히는 불빛이 되기를

해가 바뀌었지만, 밖은 여전히 차가운 바람이 부는 겨울이었다. 며칠 지나면 3월이고 봄이 얼마 남지 않았다. 그래도 추위는 여전해서 봄기운은 아직 느껴지지 않았다. 선영은 서른을 넘기고부터는 해가 바뀌는 게 전보다 달갑지 않았다. 그래도 김광석의 「서른 즈음에」 노래만큼 우울하지는 않았다. 이십 대만 해도 서른은 멀게 느껴졌다. 서른이 되면 어떤 기분일지 상상도 해봤다. 김광석의 노래처럼 스러져 가는 청춘을 느끼며 절망하는 기분일까. 막상 서른이 되니 그렇지는 않았다. 이십 대 때 좋아하는 노래를 아직 좋아하고 그때 좋아하던 영화가 아직 좋다. 취향이 그대로인 걸 보면 나이가 든다는 건 몸만 바뀌어 가는 게 아닌가 하는 생각도 들었다. 선영은 새해에는 전보다 자신을 위해 살기로 했다.

'책과 수프'에는 커피가 없었다. 그래서 주로 커피는 가게 영업을 끝내고 집으로 돌아가서 먹었다. 그런데 요즘은 커피를 마시는 횟수가 늘었다. 정아가 바리스타 자격증을 공부하고 있어서 같이 어울리다 보니 커피를 더 마시게 되었다. 정아는 관심사가 커피로 가 있어서 만나면 늘 커피 이야기였다. 그래서 선영은 커피에 대해서는 원두의 종류가 뭐가 있는지, 커피를 내리는 방법에 따라 맛이 어떻게 바뀌는지 등 커피에 대한 것들을 자연스럽게 듣게 되었다. 선영은 집에도 커피머신은 없었다. 커피를 마시고 싶을 때는 그냥 준비해 둔 인스턴트커피 분말을 뜨거운 물과 함께 섞어 마셨다. 정아의 영향인지 선영은 커피에 관심이 생겼다.

며칠 전 선영은 가게에 커피머신을 하나 사서 가게에 두었다. 커피머신도 산 김에 원두도 좋은 걸로 구해왔다. 이 원두는 인도네시아에서 온 원두다. 선영은 정아네 집에 갔다가 거기서 처음 이 인도네시아 원두를 접했다. 정아는 새해에는 어디든 가서 일해야겠다며 몇 달 전부터 자격증 공부를 시작했다. 지금 정아는 바리스타 자격증을 공부 중이다. 그래서 커피에 관해 찾아보다 인도네시아 원두를 구해 왔다고 했다. 인도네시아 원두로 만든 커피는 고소한 맛에 뒷맛의 여운이 오래 가는 맛이었다. 선영은 새 커피머신으로 그때의 맛을 느껴 볼 수 있을지 기대하며 원두를 갈아서 넣었다. 원두 갈리는 소리가 멎자, 선영은 컵에 커피를 내려 마셨다. 원두 특유의 쌉쌀한 맛이 입에 퍼졌다. 그러면서도 고소한 맛의 풍미가 느껴졌다. 선영은 옆에 시럽 통을 들어 원두커피에 몇 방울 떨어트렸다. 커피의 맛을 아는 사람들은 커피에 시럽을 넣어 단맛을 추가하면 커피 고유의 맛을 해친다고 했다. 그렇지만 오늘처럼 추운 날은 어쩐지 시럽을 넣고 싶어질 때가 있었다. 시럽을 넣어 단맛이 붙은 원두커피를 한 모금 마셨다. 선영은 쓴 커피 속에서 단맛을 찾듯 커피를 음미했다. 이렇게 추운 날 시럽을 넣은 원두커피를 마시고 있으면 십여 년 전 어느 때가 생각난다. 그때 선영은 지금보다 어렸고, 미숙했다. 당시에 선영은 좁은 고시원에서 불투명한 미래에 불안해하며 만화를 그렸다. 선영은 앨범을 꺼내 보듯 기억 속에 그날을 꺼내 펼쳤다.

***

　일 년만 하고 그만둘 거라는 고시원 생활이었다. 그리고 그 일 년을 다 채웠다. 하지만 선영은 좀처럼 고시원 생활을 그만두지 못했다. 가을에 도전했던 공모전은 인기 순위 10위 안에 들었지만, 최종 심사에서 탈락해서 연재는 따내지 못했다. 아마추어 예비 작가들이 만화를 올려 프로 데뷔의 기회로 삼는 대형 포털 사이트의 '도전! 나도 만화가'에 겨울에 올린 만화는 꽤 인기가 있었다. 회사 담당자로부터 선영이 연재해 볼 수도 있다는 말까지 들었다. 하지만 다른 인기작들도 있어서 검토 후에 최종 연락을 주겠다는 말이 어째 불안했다. 그리고 그 불안은 현실이 되었다. 데뷔작으로 뽑힌 만화는 선영의 만화가 아닌 다른 작가의 작품이었다.

선영은 다시 학교로 돌아가야 할지 결론을 쉽게 내지 못했다. 마치 뭘 먹을지 몰라서 메뉴를 정하지 못하고 헤매던 그때처럼 결정을 못 한 채 헤매고 있었다. 선영은 마음이 복잡했으나 애써 태연하게 행동하며 이런 마음을 숨겼다. 하지만 선영이 울적한 마음을 숨겨도 정우는 어렴풋이 알아챘다. 선영은 가게에서 창밖을 멍하게 볼 때가 많았다. 그날도 선영은 창밖만 보고 있었다. 창밖에 서너 마리 비둘기가 하늘을 자유롭게 날고 있었다. 선영은 문득 어디든 훌쩍 자유롭게 떠나고 싶은 마음이 일었다.

정우가 선영이 비운 수프 접시를 가지러 와서 그릇을 치웠다.

"정우야."

선영이 그릇을 들고 돌아서 가는 정우를 불렀다.

"바다 보러 가고 싶은데. 어때?"

정우는 말없이 웃었다.

겨울 찬 바람이 선영의 뺨을 스치고 지나갔다. 선영은 정우와 함께 겨울 바다를 보려고 충청남도 서천으로 왔다. 눈이 내려 새하얀 해변이 끝도 없이 펼쳐져 있었고, 하늘은 노을이 노랗게 하늘을 물들이고 있었다. 선영은 정우 옆에서 어깨를 기댄 채 한 손에는 아메리카노를 들고 벤치에 앉아 일렁이는 파도를 하염없이 바라보았다.

"졸업은 해야 하니까 학교로 돌아가야 하나. 학교 다니면서 만화를 그릴 수 있을까?"

선영이 갑자기 바다를 보러 가자고 했을 때 정우는 말하지 않아도 선영의 마음을 어렴풋이 이해했다. 계속 떨어지는 공모전, 멀어지는 만화가 데뷔, 학교로 돌아가야 하는 상황 등 엉킨 실타래처럼 엉킨 문제들이 선영을 힘들게 하고 있었다.

"바다 보러 왔으니까, 바다만 보자."

정우는 긴 팔로 선영의 어깨를 감싸안으면서 파도가 치는 바다를 가리켰다. 일렁이는 파도가 선영의 마음을 다독이는 듯했다.

"…."

선영은 복잡한 생각들은 내려놓고 조용히 파도 소리에 귀를 기울였다. 그리고 아메리카노를 한 모금 마셨다. 쌉쌀한 맛이 입가를 맴돌았다. 그리고 뒤따라서 쌉쌀한 맛을 뒤쫓듯이 달콤한 맛이 따라왔다. 원래 선영은 아메리카노를 먹을 때 쌉쌀한 맛 그대로 즐기는 편이었다. 그런데 오늘은 정우가 우겨서 시럽을 넣었다. 쌉쌀한 맛 가운데 느껴지는 단맛을 음미하면서 선영은 어쩐지 시럽 넣은 아메리카노도 싫지 않다고 생각했다.

열릴 듯하면서 열리지 않는 만화가 데뷔의 문은 희망 고문이 되어 선영의 발목을 붙잡았다. 제자리걸음 하듯 다른 공모전을 찾아 헤매던 선영은 구글 알고리즘이 찾아 검색창에 띄워준 어떤 공모전에 다시 도전했다. 글로벌로 뻗어가는 K-문화에 발맞춰 드라마로 만들 수 있는 웹툰을 찾는다는 그런 내용의 공모전이었다. 상금도 어마했고 신인 발굴 프로젝트 같은 문구가 선영을 들뜨게 했다. 공모전은 마지막 도전으로 여기고 도전할 만한 큰 무대였다.

선영은 마지막 힘을 짜내서 만화를 그렸다. 몇 날 며칠 밤까지 새워가며 만화를 완성했다. 그렇게 힘들게 완성한 작품은 공모전 성적은 2등으로 마감했다. 하지만 1등이 아니기에 연재 기회는 얻을 수 없었다. 2등으로 떨어진 게 쓰리고 아팠다. 쓰린 속을 달래려 안 먹던 술까지 손댔다. 하지만 술 몇 잔에 울적한 마음이 풀리는 일은 없었다. 모든 에너지를 다 써 방전되어 버린 선영은 멍하니 천장을 봤다. 넋 놓고 한참 천장을 보던 선영은 만화를 그만두어야겠다는 생각까지 했다. 만화만 보고 오던 스물 남짓 인생에서 만화를 빼면 뭘 해야 할지 막막했다.

그런데 생각하지도 못한 곳에서 선영의 만화를 연재하고 싶다는 연락이 왔다. 연락이 온 곳은 '애플툰'이라는 중소 웹툰 회사였다. 선영은 너무 기뻐 이 소식을 정우에게 알려주려고 가게로 달려갔다. 선영은 중대 발표라도 하듯 큰 목소리로 연재를 따냈다고 소리쳤다. 가게의 손님들이 선영에게 시선이 쏠렸다. 선영은 정우에게 목마르다고 하면서 아메리카노 한 잔을 주문했다. 정우는 선영이 주문한 커피에 시럽을 떨어뜨렸다. 정우는 시럽을 넣은 아메리카노를 선영에게 주면서 말했다.

"시럽을 좀 넣었는데 괜찮지?"

선영은 오늘 같은 날은 단 게 어느 때보다 먹고 싶었다며 더 넣어도 된다고 말했다. 정우는 그 말에 시럽을 더 넣어주었다.

***

옛 기억이 옅어질 때 즈음 선영은 벽에 걸린 시계를 올려다봤다. 시간을 보니 아침 10시 30분을 넘어가고 있었다. 자주 보던 아침 손님들도 오늘은 오지 않아 가게 안은 한적했다. 추억에 빠져 있는 동안 드문드문 마시던 커피는 온기가 옅어져 가고 있었다. 선영은 커피잔을 손으로 힘을 쥐어 움켜쥐었다. 잔에 은근히 남아 있던 온기가 선영의 손으로 전해졌다. 선영은 이대로 커피를 마시며 온기를 조금 더 느껴 보기로 했다. 선영은 몇 분간 그렇게 온기를 음미했다. 딸랑. 종소리와 함께 문이 열리면서 손님들이 하나둘 들어왔다. 선영은 일어서 반갑게 손님들을 맞았다.

몇 차례 손님들이 가게를 방문하고 나서 또다시 한동안 가게는 고요해졌다. 그렇게 시간이 흘러가다 오후 라스트 오더 타임에 마지막 손님으로 미연이 방문했다.
"선배님, 오랜만이죠?"
미연이 약간 어색한 어투로 하지만 반가운 기색이 물씬 느껴지는 미소를 머금은 채로 선영에게 인사를 건넸다.

"이게 누구야. 미연아, 어서 와. 너무 오래 안 봐서 얼굴 잊어버리겠다."

그동안 미연은 새롭게 일을 시작해 가게에 방문이 뜸했다. 오랜만에 방문이라 선영은 미연이 무척 반가웠다. 미연은 고시원에서 만화를 그리면서 총무 일은 그만두고 대신 스토리 작가로 데뷔해 일하고 있었다. 미연은 아직 만화가로 그림을 그리는 일은 찾지 못했지만, 스토리 작가로 만화가 데뷔를 이뤘다.

미연의 새로운 일이란 만화에 스토리를 구상하고 그 구상을 글로 남기는 일이었다. 미연은 가게에 올 때면 근사한 만화 스토리 한두 개를 가지고 와서 선영과 이야기하고는 했었다. 그러는 동안 선영은 선배 만화가로 이런저런 조언을 해주었다. 그 조언이 미연에게 여러 가지로 도움이 됐던 모양이었다. 미연이 스토리 작가로 데뷔했다고 소식을 전한 때가 선영의 기억으로 겨울 추위가 남아 있는 봄의 초엽이었다. 그 후로 미연이 바빠져서 가게에서 보기 어려워졌었다.

미연은 스토리 작가로 데뷔를 했지만, 아직 만화가로서 하고 싶은 게 많이 남아 있었다. 미연은 무엇보다 자신이 그린 그림을 사람들에게 보여주고 싶었다. 그래서 그림 작가로 참여하기 어렵다면 다른 루트에서라도 작품을 하고 싶어 했다. 미연은 메뉴를 보고 무얼 먹을지 고민하다 굴라쉬를 주문했다. 굴라쉬는 토마토의 상큼한 맛과 매콤한 맛이 어우러져 있는 헝가리 소고기 수프였다. 선영은 미연의 주문대로 매콤한 맛을 좀 더 올려 요리했다.

미연이 굴라쉬를 거의 먹었을 때 즈음 선영이 컵에 물을 채워 미연이 있는 테이블로 갔다.

"스토리 작가는 잘하고 있어? 어떻게 돼가니?"

"어우, 말도 마세요. 이야기 짜는 게 너무 힘들어요. 누가 글 줄 테니 그림만 그리라고 하면 좋겠네요. 그편이 마음은 더 편할지도 몰라요."

미연은 말하면서 연신 물을 들이켰다. 굴라쉬가 꽤 매웠던 모양이다.

"어머, 너무 맵게 했나 보다. 좀 매웠지?"

"아니요. 딱 좋았어요."

휴지로 입을 닦은 미연은 손사래 치며 괜찮다는 제스처를 선영에게 보냈다.

"서로 맞춰가야 하니까 그게 어렵지? 내가 글 쓰고 그림까지 그리면 나만 설득하면 되는데 말이야."

"맞아요. 서로 잘 맞는다고 생각해서 시작했는데도 하다 보니 걸림돌이 한두 개가 아니었어요. 뭐 그래도 어떻게든 결말까지는 갔어요. 인기가 떨어져서 급전개로 끝내야 하는 불상사는 없어서 다행이죠."

"연재도 끝났으니 이제 좀 쉬어. 쉬는 것도 중요해. 알지?"

"그러면 좋겠지만, 당장 내일 할 일이 없다는 자유로운 기분이 오래 못 가더라고요. 한 달은 아무것도 안 하고 쉴 거라고 다짐했는데 멈춰 있다는 느낌 때문에 움직이게 되더라고요."

미연은 입술을 삐죽이 내밀며 어깨를 으쓱해 보였다.

"설마, 그래서 총무 일 다시 하는 거야?"

"아뇨. 삽화 그리는 일을 구했어요. 뭐 이것도 그림 그리는 거니까 총무보다 좋아요."

"그렇구나. 삽화는 나도 몇 번 해봤어. 데뷔 전에 했었는데 그거 하면서 여러 생각이 들었거든. 그래서 오래는 못 했어."

"흠. 그 선배님의 여러 생각이 뭔지 알 거 같은데요."

미연은 공감하는 듯한 얼굴로 선영을 보며 말했다.

"그 여러 생각이라는 게 내 그림을 그리고 싶은데 하는 생각인 거죠?"

"맞아. 데뷔가 간절했으니까."

"그 기분 알죠. 저도 그런 거 있거든요. 그런데 너무 데뷔에 목매지는 말아야겠다는 마음도 요즘 들긴 해요."

그렇게 말하는 미연의 얼굴에는 무언가 홀가분한 느낌이 스며 있었다. 선영은 그런 미연을 보며 다행이라는 마음이 들었다. 홀가분한 미연을 보니 꿈도 너무 목매면 집착이 되고 자신을 갉아 먹는다는 그런 생각이 들었다. 예전처럼 프로 만화가로 만화를 그리지 않는 선영이 한때 만화가로 성공에 목매던 시절을 생각하니 왜 그렇게 그때 그게 간절했을까 하는 의아한 생각마저 들었다.

"요즘 매운 걸 달고 살아요. 여기 와서까지 매운 수프를 주문하게 될 줄은 몰랐네요."

"추우면 그럴 때 있거든. 매운 걸 먹으면 열이 확 나니까 그렇게라도 열을 내고 싶어지는 거야."

선영은 미연이 매운 걸 먹는 이유를 수프 가게 주인의 감으로 넘겨짚었다.

"그거보다 삶에 자극을 주고 싶어서요."

미연이 잔에 물을 따르며 고개를 저었다.

"자극? 왜 자극이 필요해?"

선영이 궁금해하며 되물었다.

"어시스트나 삽화 그리기는 지루하거든요. 내가 하고 싶은 일이 아니고 누구의 작품을 도와주는 거니 흥미가 덜 생겨요. 스토리 작가로 작품에 참여할 때가 재미는 더 있었던 것 같아요. 마감 때문에 애먹기는 했어도 스릴이 있었죠."

그렇게 이야기하지만, 선영이 보기에 미연은 확실히 총무 일을 할 때보다는 훨씬 밝아 보였다.

정신이 확 들 만큼 맵게 만들어 달라는 미연의 부탁에 특별히 좀 더 맵게 해서 수프를 건네주었다. 미연은 손으로 입을 부채질하며 물을 연신 들이키면서도 수프를 끝까지 맛있게 먹었다. 미연이 수프를 다 먹는 걸 보고 선영은 커피를 내렸다. 선영은 커피 두 잔을 들고 미연이 앉은 테이블로 가서 앉았다. 미연은 커피 맛을 칭찬하며 둘은 자연스럽게 커피 이야기가 화제가 되어 이야기를 나누었다. 그러다 새해에 하고 싶은 일들에 관한 이야기로 화제가 옮겨갔다.

"새해 목표는 두 개에요. 첫째는 일단 고시원 탈출하기. 그리고 둘째는 만화만 보지 말고 그림으로 이것저것 해보는 걸로요. 더는 연재에 너무 매달리지 않기로 했어요."

"잘 생각했어. 그래도 그림 그리는 일을 놓지 않고 있다가 보면 또 기회가 올 거야."

선영은 미연의 얼굴에서 미련보다 여유가 보였다. 연재 기회를 얻기 위해 모든 시간을 쏟아붓던 미연의 모습에서 자신의 옛 기억이 떠올라 안타까웠었다. 미연은 열심히 노력했고 그 결과 스토리 작가로 데뷔를 이뤘다. 작은 결실이지만 맺힌 미련을 씻어내기에는 충분했다. 선영은 가끔 미연처럼 만화가를 지망하는 사람들을 만나는 경우가 있었다. 선영은 미연에게 "기회가 꼭 올 거야."라고 말했지만, 마음 한구석에는 성공을 장담하는 듯해서 미안한 마음이 있었다. 누군가는 부러워할 만한 성공 비슷한 걸 얻어봤지만, 이 길이 누구에나 열려 있고 누구나 가질 수 있는 건 아니라는 건 선영이 잘 알았다. 그래서 누군가 선영이 걸어간 길에 서서 어떻게 가야 하는지 조언을 구하면 그냥 성공이라는 단꿈에 너무 매달리지 말고 즐기라고 말해주었다. 그리고 그 말은 미연에게도 해당하는 말이었다. 그 말이 와닿지 않았던 미연이어서 둘 사이에는 보이지 않는 벽이 있었다. 그런데 그 벽에 이제는 완전히는 아니지만, 어느 정도 허물어졌음을 선영은 느꼈다.

"그나저나 고시원을 나오게 되면 전처럼 자주는 이 가게에 오지 못하겠네요. 답답한 고시원 생활, 그래도 이 가게 덕분에 싫지 않았어요. 다른 데 가도 자주는 안 되겠지만 들를게요."

"나야 언제든 들러만 주면 고맙지."

미연은 선영을 보며 미지근해진 커피잔을 두 손으로 잡았다. 선영은 어딘가 희미하게 남아 있는 온기를 찾듯 은근하게 커피잔을 감싸 쥐었다. 미연은 가게를 둘러보며 지난 시간을 되돌아보며 생각에 잠겼다. 힘든 일도 좋은 일도 지나가서 돌아보면 모두 추억이었다. 선영은 새로운 출발을 하는 후배 미연을 위해서 무언가를 주고 싶은 마음이 생겼다. 선영은 책 진열대로 가서 책 한 권을 꺼내 들었다. 책 제목은 『겁쟁이 씨렁과 털복숭이의 모험』이라고 되어 있었다. 이 책은 최근에 들여온 책인데, 미연에게 주면 좋겠다는 생각이 들었다. 선영은 손에 든 책을 미연에게 주며 말했다.

"그림이 귀여워, 동화책인데 만화 같은 구성이 매력이야. 미연이 네가 보면 도움이 될 거 같아."

"정말이네요. 동화도 이렇게 그릴 수 있구나."

미연은 책장을 넘겨보며 책을 구경했다. 선영의 말대로 인물들의 모습이나 그림체가 귀여웠고 만화 같은 컷 구성이 신선했다. 어떤 부분은 애니메이션을 보는 듯 역동적인 컷도 있었다.

"나는 이 책을 보면서『오즈의 마법사』가 떠올랐거든. 도로시가 낯선 세계로 떨어져서 집으로 다시 돌아가려고 애쓰잖아.『겁쟁이 씨렁과 털복숭이의 모험』도 씨렁이 낯선 세계에서 다시 집으로 돌아가려고 해."

선영은 책을 읽고 느끼는 건 사람마다 다르기에 책의 주제나 내용에 대해 언급은 자제했다. 다만 선영은 도로시와 씨렁이 집으로 가는 길이 험해도 용기를 잃지 않았듯이 미연도 그랬으면 했다.

"낯선 고시원에서 따뜻한 보금자리를 찾아 떠나는 처지인 저하고 비슷하네요."

미연이 선영의 말을 듣고 웃으면서 말했다. 미연은 선영이 준 책을 보면서 지난 일 년을 돌아보았다. 목표했던 만화가 데뷔는 아니었지만 스토리 작가로 이름을 올릴 수 있었던 건 선배인 선영 덕분이었다. 번아웃으로 지친 자신을 점원으로 가게에 머물게 해준 것도, 만화 구상이 막혀 헤매고 있을 때 옆에서 조언과 격려를 아끼지 않은 것도 모두 고마웠다. 선영은 자신이 이룬 어떤 성과와 비교해도 선영과의 인연보다 좋을 수 없으리라 생각했다. 미연은 총무 일이 없으니 시간이 여유롭다며 가게에 평소보다 더 오래 머물다가 갔다.

해가 지고 듬성듬성 하늘에 별들이 반짝이기 시작했다. 선영은 늦은 저녁 영업시간이 끝날 즈음에 가게에 온 커플 손님을 마지막으로 보내고 가게를 정리했다. 손님이 모두 떠나고 혼자 남은 가게는 고요했다. 늘 마지막에 혼자 남는 선영이지만 오늘따라 쓸쓸한 기분에 조금 외로웠다. 바로 집으로 돌아가기에는 마음이 적적했다. 선영은 며칠 전만 해도 올해였던 작년을 돌아봤다. 선영에게 가장 뜻깊었던 일이라면 오랜만에 만화책을 출간한 일이었다. 출간 뒤에 선영은 여기서 책 저자로서 자그마하게 북토크도 열었다. 평소에 저자를 초대해서 북토크를 개최하다가 스스로 저자로서 참여하니 새로운 기분이었다. 자신의 책을 스스로 소개하자니 쑥스럽기도 했고 늘 보던 가게가 낯설게까지 느껴졌었다. 하지만 자신의 책의 독자들을 가까이서 보는 경험은 새로웠다. 웹에 만화를 올리는 작가로서 늘 댓글로 독자를 만나던 선영이었다. 이렇게 가까이에서 독자를 마주하는 경험은 온라인으로 소통하던 것 이상으로 벅찬 기쁨을 주었다. 선영은 고개를 들어 주크박스가 있는 곳으로 시선을 돌렸다. 주크박스 옆의 벽에 폴라로이드 사진이 하나 붙여져 있었다. 그 사진에는 샌디와 해령이 있었다. 샌디가 다녀간 일도 잊을 수 없는 기억이었다.

샌디가 가게에 들어서는 순간을 지금도 잊을 수 없었다. 샌디의 방문은 정말 예상하지 못한 갑작스러운 순간에 일어났다. 지금으로부터 보름 전이니 아직 그날의 모든 기억이 생생하게 선영의 머릿속에 보존되어 있었다. 샌디가 매니저로 보이는 여자와 함께 가게에 들어왔을 때 선영은 샌디를 한눈에 알아봤다. 하지만 샌디를 보고도 확신을 하지 못했다. 샌디가 여기에 올 거라고는 상상해 본 적도 없어서였다. 그래서 아무리 봐도 샌디였지만 여기서 보게 될 거라고는 생각 못 했기에 속으로 설마 아닐 거야만 연발했다. 선영은 주문을 받다가 조심스럽게 샌디가 맞냐고 물어보았다. 그녀의 입에서 나온 "네. 샌디예요."라는 말을 듣고 나서야 샌디가 가게에 왔음을 알았다. 샌디는 가게에서 수프를 먹고 선영이 서비스로 건네준 쿠키까지 먹었다. 폴라로이드 사진도 찍었다.

 선영은 샌디가 사진을 찍을 때 샌디가 가게에 온 기념으로 사진을 걸어두고 싶은데 괜찮은지 물었다. 샌디는 걸어두어도 괜찮다며 흔쾌히 승낙했다. 샌디는 사진에 사인까지 해주었는데, 사인 옆에는 작은 글씨로 "원더랜드 포에버!"라고 적혀 있었다. 샌디는 사진을 건네주며 옆에 있는 사람이 원더랜드의 해령이라고 말했다. 그리고 샌디는 자신도 선영의 팬이라고 하며 『꿈꾸는 책과 수프』를 재미있게 읽었다고 말했다. 선영은 샌디의 말에 기쁘면서도 한편 놀랐다. 놀란 이유는 샌디의 옆에 있던 사람이 실은 가게에 이전에 들렸던 보컬 트레이너라고 했던 손님이라는 사실을 이제야 알았기 때문이었다. 선영은 샌디가 자신의 팬이라는 감동과 해령을 오해해서 생긴 미안함 사이에서 어떤 표정을 지어야 할지 갈피를 잡지 못했다. 복잡한 표정을 짓고 있는 선영을 보고 해령은 이런 오해가 익숙하다고 농담을 하며 웃었다.

 샌디와 해령이 가게를 방문한 날의 기억은 꼬리를 물고 이어져 가게를 찾은 다른 손님들로 옮겨갔다. 가게를 방문하는 많은 손님 중에서 누군가는 선영의 기억에 조금은 특별한 모습으로 남아 있었다. 그들의 이야기를 선영은 만화로 그렸다. 선영은 문득 그들의 모습을 다시 보고 싶은 마음이 들었다. 선영은 책 진열대로 가서 자신의 책 『꿈꾸는 책과 수프』를 가져와서 펼쳤다. 책장을 넘기니 가게를 오고 갔던 손님들의 면면이 하나둘 기억났다.

 그중에서 내일이라도 한 번 더 보고 싶고, 어떻게 지내는지 물어보고 싶은 사람들이 몇 명 있었다. 이들은 한 해를 넘기면서 어떤 이유로든 선영의 기억 속에 좀 더 선명하게 남아 있는 사람들이었다.

 주로 목요일에만 오는 건 변함없지만, 이제는 여기서 조금 더 오래 앉아서 시간을 보내다가는 편집부 기자 혜지 씨, 해를 넘겨 지금도 게임 개발에 여념이 없는 동욱 씨, 헤어졌다가 다시 만나 사랑을 이어가고 있는 현수 씨와 지연 씨, 그리고 첫사랑과 재회한 재구 씨 등이 그들이었다. 지금도 가게를 방문하는 그들을 보면 책도 사진처럼 그들의 삶의 한 단편만 보여주고 있다고 느꼈다. 그들은 자신들의 이야기를 자신들의 방식으로 지금도 그리는 중이었다.

 선영은 무심결에 다이어리를 펼쳤다. 다이어리에는 곧 있을 가게 일정들이 적혀 있었다. 일정 중에 북토크라고 적힌 부분이 눈에 들어왔다. 그날은 현수 씨의 북토크가 예정되어 있었다. 현수 씨는 가게에서 여는 이벤트 관계로 다시 보기로 했었다. 이번 달에 잡혀 있는 큰 이벤트는 두 개였다. 영화와 소설을 비교해 보는 콘셉트로 진행해 보려던 독서 모임이 있고, 이제는 작가로 만나는 하현수 씨의 북토크가 있었다. 현수 씨는 경산에서 여기까지 찾아준 손님으로 선영과 처음 만났다. 그는 선영이 『꿈꾸는 책과 수프』를 출간하기 위해 사연들을 공모할 때 그 공모에 응모했던 사람 중의 한 명이었다. 그때 선영이 만화에 실은 그의 이야기가 인연이 되어 예전에 헤어진 여자 친구를 다시 만나게 되었었다. 그리고 그는 여자 친구와 함께 다시 가게를 찾아왔었다. 그 후에 그는 무명 배우로서 보내던 시절의 이야기, 지금의 여자 친구를 만나고 헤어진 후 다시 만나게 되기까지의 이야기, 농부로서 사는 삶에 관한 이야기 등을 글로 썼다. 책으로 낼 생각은 없었고 일기를 쓰듯이 담담히 자신의 삶을 기록하고 싶어서 썼다고 했다. 그 글을 본 여자 친구 지연 씨가 책으로 엮어 출간하기를 권유했고 그렇게 해서 그는 글을 다듬어 에세이로 출간했다. 그는 자기의 이야기가 큰 인기를 끌 소재는 아니라고 생각해서 사람들로부터 후원을 받기로 했다. 후원은 크라우드 펀딩으로 받았다. 예상했던 것 이상으로 많은 이들이 그의 글을 보고 싶어 하며 후원했다. 그 안에는 선영도 있었다. 꾸미지 않은 그의 글은 담백하면서 진솔했고 울림이 있었다.

 선영은 그의 글이 더 많은 사람에게 읽혔으면 하는 생각에 북토크를 기획했다. 그는 글 쓰는 재미를 새롭게 알게 되었다고 했다. 그는 벌써 다음 책도 구상하고 있었다. 다음은 여행 에세이로 지연 씨와 같이 여러 나라를 여행하고 그 여행지에서 일들을 써보고 싶다고 했다. 농부가 되는 것도, 작가로서 글을 쓰는 것도, 아무것도 그의 계획에 없었던 일이었다. 한때 배우를 지망하면서 오디션을 보러 가던 그에게 나중에 농부가 되고 글도 쓰게 될 거라고 하면 믿지 않았을 것이다. 그를 보며 선영은 인생은 이렇게 예상하지 못한 방향으로 전개되기도 한다는 걸 새삼 다시 느꼈다.

선영은 문득 어디로든지 훌쩍 떠나고 싶어졌다. 다이어리를 보니 가게를 쉬는 월요일에 아무런 약속도 잡혀 있지 않았다. 선영은 가까이 오는 월요일 칸에 여행이라서 썼다. 여행을 간다고 생각하니 여러 군데가 떠올랐다. 어디를 가야 할지 선뜻 정하기 어려웠다. 떠올린 곳 중에서 목적지를 정하기 어렵다면 정우와 함께 갔던 서천 바닷가도 괜찮을 듯싶었다. 이번에 간다면 그때보다 더 가벼운 마음으로 둘러볼 수 있을 것 같았다.

선영은 다이어리를 덮고 『꿈꾸는 책과 수프』를 가지고 가서 다시 진열대에 꽂아두었다. 그리고 한참 진열대를 둘러보던 선영은 인생 카테고리에서 파울로 코엘류의 『연금술사』를 집었다. 책의 주인공을 보면 자신을 보는 듯해서 마음이 아렸다. 보물을 찾아 이집트로 갔던 산티아고는 그의 여정에서 끝내 보물을 찾지 못했다. 그는 고향 교회에 두었던 보물을 떠올리고 나서야 그토록 찾던 보물이 가까이 있었음을 깨달았다. 산티아고의 여정을 보면서 만화라는 꿈을 좇던 자신을 떠올렸다. 마침내 교회로 돌아가는 산티아고와 북카페의 책방지기로 있는 지금의 자신이 겹쳐졌다.

골목에서 홀로 불을 밝히던 북카페 '책과 수프'의 불이 꺼졌다. 선영은 가게를 정리하고 밖을 나왔다. 밖을 나오니 온통 까맣게 짙은 어둠이 내려앉아 있었다. 이제 이 골목의 모든 가게의 불이 꺼지고, 가로등만이 골목의 어둠을 밝혔다. 선영은 이 짙은 어둠에서 오히려 따뜻한 느낌을 받았다. 겨울임에도 춥다는 느낌도 덜했다. 선영은 만화 같은 상상을 했다. 상상 속에는 지금까지 가게를 찾아온 사람들이 밤에 이 골목에 여러 모여 서성이고 있었다. 그들은 추위에 떨다가 서로가 서로에게 손전등을 꺼내 불을 밝혀 온기를 전해주었다.

그들은 그렇게 손전등으로 서로의 추위를 몰아내었다. 선영은 만화 같은 이 상상 속의 장면이 예쁘다고 느꼈다. 나중에 그림으로 남겨두고 싶다는 생각도 들었다. 선영은 골목을 빠져나오면서 혼잣말로 그 그림을 가게에 걸어 장식해 두어야겠다고 말하며 밖으로 걸어갔다. 선영이 빠져나온 골목에는 모든 불빛이 꺼졌지만, 은은한 달빛은 남아 어두운 골목을 조용히 비추고 있었다.

- FIN -